Un goût de biscuit
au gingembre

Des mêmes auteurs

De **Xavier Hanotte**

Manière noire (roman)
Éditions Belfond, 1995 ; Labor, coll. Espace Nord, 2006

De secrètes injustices (roman)
Éditions Belfond, 1998 ; Labor, coll. Espace Nord, 2006

Derrière la colline (roman)
Éditions Belfond, 2000 ; Pocket, 2002

Les lieux communs (roman)
Éditions Belfond, 2002 ; Pocket 2004

Poussières d'histoires & bribes de voyages (poèmes)
Éditions Le Castor Astral, 2003

Ours toujours (roman)
Éditions Belfond, 2005

L'architecte du désastre (Nouvelles et romans brefs)
Éditions Belfond, 2005

De **Claude Renard**

Aux médianes de Cymbolia (avec François Schuiten)
Éditions Les Humanoïdes Associés, 1980

Le rail (avec François Schuiten)
Éditions Les Humanoïdes Associés, 1982

Express (avec François Schuiten)
Éditions Magic-Strip, 1982

Les machinistes (avec François Schuiten)
Éditions Les Humanoïdes Associés, 1984

L'évasion d'Yvan Casablanca
Éditions Les Humanoïdes Associés, 1984

Les elfes de Pomariolus (avec Yves Vasseur)
Éditions Schlirf Book, 1984

Le rendez-vous d'Angkor (avec J.C. Fromental)
Éditions Les Humanoïdes Associés, 1986

Moneuse, aventures de paille et d'ortie (avec Yves Vasseur)
Éditions La voix dans les saules, 1986

Galilée, journal d'un hérétique (avec Yves Vasseur)
Éditions Pyramides, 2001

Maroc, lettres à Matisse sous le protectorat français (avec Yves Vasseur)
Éditions Gallimard, 2003

Xavier Hanotte

texte

Un goût de biscuit au gingembre

(L'architecte du désastre)

roman

Claude Renard

dessins

« Carnets Littéraires »

ESTUAIRE

Titre original de la nouvelle :
L'Architecte du désastre.
Publiée in *L'Architecte du désastre*
de Xavier Hanotte.

ISBN 2-87443-019-6

Préface

Avant d'entamer une nouvelle carrière dans les *Carnets Littéraires*, enrichi et amplifié par la vision partagée de l'excellent Claude Renard, *Un goût de biscuit au gingembre* portait un autre titre – *L'architecte du désastre* –, qu'il prêtait en outre à un recueil de nouvelles et romans brefs publié chez Belfond, mon éditeur attitré, en automne 2005. Ce changement vise à prévenir toute confusion en librairie.

Pour l'occasion, en plus de retouches mineures, je lui ai adjoint un épilogue inédit qui, loin de constituer une pièce rapportée ou un quelconque bonus, nous autorisait surtout, sans changer aucunement l'esprit du récit, à « boucler la boucle » en offrant au lecteur une profondeur de champ supplémentaire.

Inspiré de plusieurs faits historiques, ce roman-litote – mon texte préféré à ce jour, je l'avoue – doit beaucoup à mes amis Benoît Misson et Bertrand Belvalette, dont les coups de pouce furent appréciables et appréciés. Il doit davantage encore à Kelly Macdonald, actrice sensible beaucoup trop rare sur nos écrans continentaux, que j'avais pris la liberté d'engager dans mon casting imaginaire – puisque la littérature permet tout. À la faveur de cet ouvrage, l'ami Claude lui a rendu une justice que l'écrit seul ne pouvait garantir.

Si la chose avait un sens, ce livre pourrait lui être dédié.

And indeed it is.

X. H.

2
1763

UN GOÛT DE BISCUIT AU GINGEMBRE

Les mâchoires serrées, prêt ou plutôt résigné à braver l'échec, j'étais monté dans le tram sans m'accrocher à la poignée. Presque étonné, je n'avais éprouvé aucune peine à négocier le marchepied. Un vestige de raideur dans le mouvement de la jambe, sans doute, mais rien qui sautât aux yeux d'un témoin distrait. Depuis septembre 40, c'était pourtant ma première sortie sans canne ni béquille et, même s'il s'agissait ce matin-là d'un simple retour à la normalité, je ressentais jusqu'à la nausée le trac des grands débuts.

Certes, malgré la proximité lexicale, Bruxelles n'était pas Bruchsal. Mais peu à peu, dans le sillage du printemps qui réveillait la ville de son mauvais sommeil, le moral revenait. Comme pour l'accompagner, un chassé-croisé de lumières et d'ombres fugaces animait les façades des boulevards. Partout, annonçant la fin de l'hiver, l'odeur âcre du charbon brûlé lâchait pied devant les premiers parfums de sève et d'humus échappés des squares et des parcs.

Il manquait juste à cette résurrection le poumon d'un fleuve qui, à défaut d'allant, lui eût du moins donné un souffle. J'imaginais mal Bruchsal sans les petits ponts fleuris qui enjambaient le Saalbach. Les Bruxellois, m'assurait-on, avaient enterré leur rivière après en avoir fait un égout à ciel ouvert. Singuliers citadins que ceux-là. Dans la ville soumise, privé de repères autant qu'un étranger, le printemps tournait donc en rond et peinait à se fixer.

Mais chaque petit bonheur avait son prix : c'était aussi ma première sortie en grand uniforme depuis bien plus longtemps encore. Faisant contre mauvaise fortune bon cœur, je tentais d'oublier la présence sur mon crâne de cette casquette dont l'arrogance martiale creusait autour de moi, sitôt franchi le poste de garde, une bulle de silence. Sans doute exagérais-je l'attention qu'on me portait. Car sur la plupart des visages, réelle ou feinte, l'indifférence éteignait les regards. À ma décharge, j'étais mal équipé pour la reconnaître et l'apprécier.

Quant au but de cette expédition matinale, je tâchais de n'y pas songer. C'eût été inutile dès lors que j'ignorais totalement le motif de ma convocation. Elle n'avait, à vrai dire, rien d'inquiétant pour quiconque savait traduire le langage utilisé. Pliée en quatre dans mon portefeuille, la note comminatoire du Kommandostab était arrivée la veille au dépôt, dans mes nouveaux quartiers puisque, contrairement à beaucoup d'autres gradés errants, on n'avait pas jugé bon de m'attribuer une chambre à l'hôtel Plaza.

Sans enthousiasme ni appréhension, j'attendais depuis trois jours une nouvelle affectation. Aucune illusion ne m'aveuglait: cette villégiature bruxelloise serait brève. En effet, la croix de fer qui pendouillait à ma boutonnière et les épaulettes neuves d'Oberleutnant ne changeraient rien à la teneur de mon dossier – certain paragraphe en tout cas. Stoppée net sur la rive droite de la Meuse, ma campagne de l'autre printemps avait certes ajouté dix lignes bienvenues à mes états de service et vingt grammes de métal émaillé sur ma poitrine.

Elle n'avait rien effacé pour autant. À aucun moment, malgré une claudication persistante, il n'avait été question de réforme à mon propos. Fallait-il voir là une mesure vexatoire supplémentaire ou les premiers effets d'un hypothétique retour en grâce ? Peu m'importait, au fond, de le savoir. Pareil en cela à la balle qui m'avait estropié, je n'avais rien cherché.

Ce matin-là au mess, entre une tasse d'ersatz caféiné et deux tranches de pumpernickel à la margarine, des collègues de l'infanterie avaient évoqué certains bruits de bottes entendus à l'Est – entendus ou espérés, on pouvait se le demander. Toujours était-il que, en Pologne occupée, des mouvements de troupes par trop fréquents suscitaient la curiosité de quelques officiers maintenus à l'écart des états-majors. Selon d'aucuns, l'alliance contre nature avec le voisin soviétique prendrait bientôt fin. C'était inéluctable, prétendaient-ils. Il n'y avait qu'à feuilleter le livre du Guide pour s'en convaincre – ce qu'à Dieu ne plût. J'avais prêté une oreille distraite à ces spéculations et feint de soupeser les questions qu'on me soumettait sur la largeur des fleuves qu'il faudrait peut-être franchir.

D'habitude, je causais peu et passais pour taciturne aux yeux des autres officiers, qui respectaient ma réserve. Parmi eux, des rumeurs couraient sur ma blessure, les circonstances de mon arrivée à Bruxelles et, surtout, mon âge plutôt avancé pour un Oberleutnant tout juste promu. J'intriguais. Il suffit souvent de se taire pour que les imaginations parlent à votre place. Aussi mes compagnons de table s'obstinaientils à chercher l'ouverture sans trop exposer leur curiosité. Ce matin, l'air de rien, ils avaient sollicité « l'avis du spécialiste ». Dans la longue salle voûtée, je représentais le génie à moi seul et le prétexte leur avait paru plausible.

« Pour franchir le Bug, Metzger... De quel matériel disposons-nous ? »

J'avais jeté au hasard quelques considérations techniques assaisonnées de chiffres aussi vraisemblables qu'ils étaient inventés. En fait, je n'avais pas la moindre idée sur le sujet. Mais ils n'étaient pas exigeants. Puisque ma réponse ne leur octroyait aucune prise, la conversation s'était éteinte sans qu'il y eût malaise et j'avais pu me retirer dans ma chambre pour me préparer. L'enthousiasme de ces jeunes types – le plus âgé, en passe de gagner ses galons de capitaine, n'avait pas trente ans – aurait pu me déprimer. Par chance, la guérison bien avancée de ma cheville tempérait mon pessimisme. Plus exactement, il me semblait que je devenais fataliste. Ce qui, en soi, constituait déjà un énorme progrès.

Le tram s'arrêtait souvent, mais peu de gens montaient. Le major Hartmann avait souhaité ma présence en ses bureaux de la place Royale pour dix heures précises, et je comptais donc profiter des brefs instants de liberté qui me restaient pour apprécier de visu quelques bâtiments néoclassiques repérés la veille au soir dans mon Baedeker d'avant-guerre. Aussi regrettais-je d'avoir retiré mon petit appareil photo de l'étui réservé au pistolet. La présence renforcée des feldgendarmes dans le quartier m'avait inspiré cette fâcheuse prudence. Outre que l'arme, inutile attribut guerrier, m'encombrait par son poids, la lumière de mai invitait à saisir les images et à capturer le temps hors de toute continuité.

Quoi qu'il en fût, le projet de découvrir Bruxelles ainsi, en suivant ses avenues à mon rythme, me plaisait. La promenade jusqu'au lieu du rendez-vous me permettrait aussi de faire le point sur l'état de ma cheville sans qu'aucune infirmière se crût obligée de m'encourager, de me féliciter ou de me prendre le bras. J'étais las de ces tendresses professionnelles. Pour moi, marcher à travers une ville était une forme de lecture, et j'avais toujours détesté qu'on lût par-dessus mon épaule. Le regard des autres vous arrache si facilement à vous-même contre votre volonté.

Depuis quelques arrêts, la jeune femme devant laquelle je m'étais levé pour lui céder ma place regrettait son refus. Gêné, je n'avais pu me résoudre à me rasseoir. À l'évidence, ses chaussures à semelles de bois lui faisaient mal aux pieds. Les coutures de bas tracées sur ses mollets brunis à la chicorée bavaient un peu, preuve s'il en fallait qu'elle ne fréquentait pas les jolis cœurs de la Kommandantur. Cela me la rendait sympathique. Agrippée à la main courante, elle me tournait le dos, mais je distinguais sur la vitre le reflet de son visage qui me rappelait, en moins sévère, celui de Leni. Pareil à ce carreau sale, strié de coulures, l'éloignement en imprécisait les contours.

Elle n'était pas venue me voir à l'hôpital, même quand j'avais été rapatrié. Et, depuis un an, elle ne se contentait pas de raccourcir ses réponses, elle ne m'écrivait tout simplement plus. Au début, j'avais accusé l'incurie de la Feldpost. Puis, peu à peu, j'avais accepté la situation. En un an, aucune nouvelle de Bruchsal n'était parvenue à aucune de mes adresses successives, du centre de tri sanitaire à la clinique de rééducation, près de Francfort. J'avais pourtant gardé mon alliance, par habitude plutôt que par fidélité. Car je ne rêvais plus d'elle de même que, selon toute vraisemblance, elle ne rêvait plus de moi.

En attendant, personne n'osait s'asseoir sur le siège libre. C'était à la fois risible et parfaitement logique. Ici bien davantage qu'à Bruchsal, j'étais *l'autre*. La différence m'était imposée par le monde autant qu'elle s'imposait d'elle-même. Depuis longtemps, j'avais appris à l'admettre comme inhérente à ma nouvelle vie. En un sens, elle m'était devenue nécessaire, une identité à laquelle je me cramponnais. Ici, elle tenait à un uniforme. Là-bas, à une attitude qui n'était guère qu'une variante de l'absence – ou du retrait.

Depuis certain soir de novembre 38 où, paralysé d'effroi, je n'avais pas levé le petit doigt quand les vitraux du vieux bâtiment avaient éclaté, sous les pierres d'abord, sous l'action du feu ensuite, qui léchait les arcades mauresques avec des rauquements de forge, oui, depuis ce soir-là j'avais compris que ma solitude commençait, et ma lâcheté. Car s'abstenir de lancer un caillou dans les fenêtres de la synagogue ne suffisait pas, je le savais. Être témoin, c'était déjà être complice.

Pourtant, j'avais quitté mon bureau alors que rien ne m'y obligeait. Il eût suffi de tirer les rideaux de la fenêtre et de m'absorber dans le problème de charpente que posait une construction en cours. Au lieu de cela, j'avais interrompu mon calcul, déposé ma plume sur le papier calque. Une vague rumeur enfiévrait l'air humide qui montait de la vallée. Aucun tocsin n'avait retenti, aucune sirène de pompiers. Juste cette fumée qui s'élevait, colonne sombre dans la moire du soir tombant. Je ne pouvais en détacher le regard. Saisi d'une inquiétude dont la cause m'échappait, j'avais éteint la lampe, laissé la table à dessin. Au salon, Leni n'avait pas levé la tête des pages de son roman. Sans prononcer un mot, j'avais ôté mon tablier et enfilé un pardessus.

Comme chaque soir, j'avais descendu l'escalier de la Petersgasse en direction du centre. Pourtant, l'heure de ma promenade vespérale était loin d'avoir sonné. J'avais emporté – j'ignorais encore pourquoi – l'appareil photo qui, depuis, ne quittait plus mon bagage. Les drapeaux rouges à croix gammée flottaient avec raideur dans l'air cassant. Un brouhaha diffus bourdonnait à travers les rues à première vue désertes, rebondissait mollement entre les façades éclairées.

Pas une seconde je n'hésitai sur l'itinéraire. L'inquiétude se muait en pressentiment. Je me guidais à l'instinct, suivais l'invisible réseau de nerfs qui courait sous les pavés de la ville. J'avais fini par me mettre à courir.

Dans la foule excitée ou simplement curieuse qui engorgeait la Friedrichstrasse, l'impuissance m'avait frappé. S'ils n'avaient tous plongé dans le bain aveuglant d'un feu qu'ils voulaient vengeur, nul doute que les regards eussent mis à nu la détresse qui m'accablait. À force de me replier sur moi-même et l'île enchantée de ma table à dessin, je n'avais rien vu venir. Pis, je n'avais pas voulu. À présent, il était trop tard. Pour la première fois je me sentais étranger, au sens physique du mot, dans la cité qui m'avait vu naître.

Les idées n'étaient plus en cause, leur théâtre de mots. En moi, fibre après fibre, un tissu vivant de mémoire et d'émotions se déchirait. L'eussé-je voulu à toute force, je n'étais plus des leurs, et cette révélation me terrifiait. J'étais pourtant de Bruchsal, moi aussi. La ville avait formé le terreau de mon enfance et de ses rêves. Mais là s'arrêtait désormais une parenté qui, à mesure que montaient les flammes, se muait en très lointain cousinage. À preuve, cette ville que j'aimais et qu'ils disaient tous aimer, ils commençaient à la détruire.

Il n'était pourtant pas loin le temps où, sur les cartes postales vantant les charmes de la cité, les édiles avaient tenu à faire figurer côte à côte le château des princes-évêques, l'église municipale et la synagogue.

Gruss aus Bruchsal.[1]

D'un coup, l'incendie renvoyait au néant ce qui n'avait peut-être été, dès l'origine, qu'hypocrisie et faux-semblant.

---

1. *Un bonjour de Bruchsal*

Ce soir-là, il n'était plus question de se payer de mots. J'avais aimé un pays qui n'existait plus. Je n'avais plus ma place ici. Je n'en avais pas davantage ailleurs. Mon monde avait sombré à quai, sans même sortir du port. Son équipage l'avait sabordé. Et je n'avais rien fait pour l'en dissuader.

Bien sûr, j'aurais pu m'en aller, fuir l'Allemagne.

J'avais bien quitté Coventry, quelques années plus tôt.

Partir, rester... Jamais je n'avais su m'y résoudre au moment crucial.

La synagogue avait brûlé durant toute la nuit. J'avais eu beau prendre la fuite pour ne pas assister à son agonie, la fumée montait encore dans le ciel aux premières lueurs de l'aube. Leni avait éteint le poêle avant d'aller se mettre au lit. À aucun moment je ne tirai les rideaux. Toute la nuit, dans le silence glacé de mon bureau, j'étais resté assis devant la planche à dessin, derrière la baie vitrée, à contempler de loin les volutes noires qui, échappées au brasier, allaient salir le cristal du ciel.

Leni s'était levée de bon matin. J'avais entendu ses talons dans l'escalier. Une odeur de café montait de la cuisine. Quand je descendis à mon tour, le breuvage avait refroidi dans la bouteille thermos. Elle était partie à l'heure, sans laisser un mot ni claquer la porte. Un jour comme un autre.

Avant de reprendre mon avant-projet, j'avais gagné l'église Saint-Pierre, de l'autre côté de la rue. Sa pénombre quiète m'avait fait du bien. Il y avait longtemps que je ne priais plus. Le silence de Dieu m'angoissait moins que le bruit des hommes. J'avais allumé un cierge puis j'étais sorti. En foulant les dalles du parvis, j'avais retrouvé le temps des horloges.

L'article avait été mon unique audace, la dernière parole d'un esprit déjà en exil et, par voie de conséquence, mon adieu presque officiel à l'architecture. Malgré un lectorat des plus modestes, la revue avait été aussitôt saisie puis supprimée dans l'indifférence générale de la profession. Personne, ou peu s'en fallait, n'avait donc parcouru mon morceau de bravoure, pas même le rédacteur en chef qui, sinon, en eût tiré les conclusions qui s'imposaient.

L'homme, un vieux copain de faculté, m'avait fait confiance et avait eu tort. Une des dernières feuilles où, à défaut de les fustiger, on n'encensait pas à chaque page le Heimatstil à faux colombages ou les plans titanesques du Guide pour le millénaire à venir, était tombée dans le grand automne de la pensée. Je n'avais fait que hâter sa chute. Du moins aimais-je à le croire quand un doute me taraudait.

La seule utilité de cet article, je m'en rendais compte à présent, n'avait concerné que moi. Grâce à ce texte suicidaire et néanmoins presque anodin – en tout cas fort éloigné des véritables problèmes du jour –, j'arrivais encore à me regarder dans le miroir d'une salle de bains sans y voir autre chose qu'un visage très ordinaire, étranger à moi-même autant que je l'étais au monde.

La jeune femme avait quitté le tram sans que je m'en aperçoive. À côté de moi, le siège demeurait vide. Comme je commençais à souffrir de la situation bien davantage que n'eussent osé l'espérer les patriotes du cru – ma cheville n'était pas seule en cause –, je décidai d'abréger la saynète et de descendre à l'arrêt suivant. Par prudence, je posai d'abord le pied droit sur les pavés de la chaussée puis, prenant garde à ne pas trébucher sur les rails, je rejoignis le trottoir.

L'intrusion des souvenirs m'avait fait perdre le fil de ma balade. Aussi, même si je m'y étais préparé la veille, le surgissement de l'écrasante bâtisse au revers du ciel me cloua-t-il sur place.

Sous le coup de la surprise, je tentai de rassembler en une seule vision la luxuriance de pilastres, corniches, acrotères, galeries, portiques et colonnes qui éclatait sous mes yeux.

Devant moi, étalant l'arrogance d'un temple babylonien, la masse minérale du Palais de justice toisait la ville du haut de son éminence.

Le cuivre de la coupole accrochait les reflets mordorés d'un petit soleil blanc. Caressé par la lumière, chaque détail justifiait sans peine son existence. Mais l'ensemble défiait l'analyse. Tout l'intérêt de la construction semblait se concentrer dans une oscillation du sens. Plutôt que de tourner au bazar architectural, l'éclectisme foisonnant de son ornementation évitait de justesse la dispersion pour définir, en fin de compte, une sorte d'unité paradoxale, laquelle relevait davantage d'un mouvement invisible que d'une addition de forces anarchiques. Les lignes basilicales d'un plan digne de Boullée et de ses émules couraient sous les strates d'un bric-à-brac stylistique moins intimidant que le dépouillement attendu. Elles étaient loin les parois lisses tant prisées des architectes aux ordres, si utiles pour allonger démesurément les perspectives et mettre en valeur les athlètes tendineux d'Arno Breker ou les aigles en caleçon long qui nichaient sur les frontons des administrations du Reich.

À son sujet, le mot « beauté » ne venait pas tout de suite à l'esprit. « Force », en revanche, s'imposait d'emblée. Néanmoins, cet édifice n'avait rien de commun avec les palais qui, dans l'Allemagne nouvelle, sortaient de terre en s'appuyant sur le même mot. Ici, sans rien abandonner de sa puissance, la Justice se voulait malgré tout bonne fille. Qu'une société

eût d'ailleurs construit pareil temple pour l'abriter et l'exalter – sinon son idée, du moins sa pratique – et non pour y faire rugir un Peuple, un Guide ou les deux à la fois, semblait un anachronisme étrange, un défi jeté aux temps présents et, de ce fait, promis à la disparition.

L'heure avançait. Le léger vertige qui m'avait saisi refluait. Les mains derrière le dos, je m'arrachai à la contemplation du mastodonte et poursuivis mon chemin. Deux ou trois nuages gris tamisaient les rayons du soleil. Un parapluie sous le bras, les passants marchaient vite. Vers quel but pouvaient-ils bien se hâter ainsi, vers quel bureau obscur et mal chauffé de ce monde en guerre ? Envers et contre tout, la quotidienneté reprenait ses droits. Chacun vaquait à ses menues occupations. Dans cette ville affairée, par comparaison, je me mouvais tel un être en suspension, sans attaches, doublement étranger car dépourvu de rôle et d'utilité. Mon identité même ne tenait, en fin de compte, qu'à des souvenirs.

Devant moi s'ouvrait une longue avenue, manifestement conçue pour aboutir au panthéon judiciaire. Je parcourais dans le mauvais sens cette voie triomphale. À son autre extrémité, la place Royale déployait une clairière de blancheur. Friande de lieux symboliques mais néanmoins soucieuse de ne pas jouer les hôtes trop ostensiblement malpolis, l'administration militaire allemande y avait établi son quartier général dans le voisinage immédiat du palais sans roi. L'artère rectiligne descendait en pente douce vers cette démonstration d'architecture raisonnée, issue en droite ligne des Lumières.

Si j'avais aimé les allégories, j'aurais pu sourire en constatant que les futurs maîtres de l'univers, au nombre desquels je devais bien me compter, étaient prudemment restés au pied de la colline. Avec ou sans majuscule, la justice n'était pas leur problème. Ils lui laissaient volontiers les ors d'un temple déserté pour s'occuper de choses plus concrètes.

J'aurais pu être distrait. Il eût suffi de quelques pas, ou d'une brusque éclaircie attirant le regard sur les façades que je longeais. Au lieu de cela, le passé fondit à nouveau sur moi, sans égard pour l'heure et le temps. Avant même de remarquer les Tables de la Loi perchées au sommet du bâtiment, je sus que devant moi se dressait la synagogue de la ville.

Pourtant, les yeux de la mémoire lui substituaient un autre sanctuaire. Il me suffisait de baisser les paupières. À peine plus modeste, mais dépourvu de rosace et de portail à doubles rouleaux – étrange composé de roman saintongeais et de gothique revisité –, il affichait un orientalisme sobre mâtiné de Renaissance italienne. Aux angles du toit, des cassolettes presque discrètes posaient une touche classique, que venaient tempérer un porche semi-circulaire et des arcs à bandeaux.

Cette synagogue n'existait plus. Le plomb des vitraux avait fondu, la charpente s'était embrasée. La fumée me piquait encore les yeux. Sur le terre-plein face à l'entrée, des livres sans doute sacrés avaient été foulés aux pieds, souillés d'urine.

Sérieux comme les bons artisans qu'ils étaient sûrement, des hommes achevaient le travail, enfournaient par la porte béante les débris des châssis qu'ils avaient arrachés – un bon feu, ça s'entretenait. Je connaissais l'un d'eux. Maçon de son état, il avait monté des murs sur mes premiers chantiers. Passant à ma hauteur, il avait tourné la tête. M'avait-il reconnu ? Au dernier moment, j'avais moi aussi évité son regard. Si la même honte nous habitait, les raisons en étaient, je voulais le croire, différentes. On se rassure comme on peut.

Si le nouveau peuple élu avait brûlé la synagogue de Bruchsal, j'apercevais mal par quel prodige celle de Bruxelles survivrait beaucoup plus longtemps à sa rage de destruction. Par réflexe, je cherchai mon appareil. La photo que la peur m'avait empêché de prendre, le soir du 10 novembre 38, il fallait la voler maintenant, garder au moins une trace. Mais, sous le rabat de cuir, mes doigts reconnurent le métal froid du pistolet.

Au même moment, la porte d'une maison voisine s'ouvrit et un homme voûté, portant barbe et calotte de soie, descendit sur le trottoir. Tandis qu'il coiffait un immense chapeau noir, je cherchai sur sa veste une étoile jaune et ne la trouvai pas. Je faillis m'en étonner. Sa seule présence dans cette rue, si près du pouvoir qui persécutait ses pairs, illustrait à la fois les contradictions d'une ville lente à reconnaître sa défaite et la lourdeur d'une administration pour laquelle, apparemment, le temps ne comptait plus. N'étions-nous pas là pour mille ans?

Sur le trottoir d'en face, le vieux sursauta. Il venait de m'apercevoir. Ma main droite reposait encore sur la gaine du pistolet. Avec précipitation, je la retirai. Mais il n'avait pas attendu mon geste. Sa peur me fit plus mal qu'une insulte. Presque en courant il s'éloigna, tourna l'angle d'une rue adjacente. L'écho de ses pas disparut sous le ferraillement d'un tram qui passait.

La crainte d'arriver en retard acheva de me remettre d'aplomb. Si près du but, il eût été malvenu de faire attendre le major Hartmann. J'eus envie de fumer. Ma main droite tremblait. Pourtant, je parvins à extraire une cigarette de mon paquet. En pure perte: mes allumettes étaient restées sur la table de nuit.

Je pestai à mi-voix.

«Vous fumez, lieutenant?»

Le major Hartmann décroisa ses longues jambes et me tendit un étui garni de cigarettes anglaises.

«Prise de guerre.»

Un reflet joua sur ses bottes de cavalerie impeccablement cirées. Les miennes – une paire de récupération reçue à l'hôpital – n'auraient pas fait honneur à un sous-officier, mais du moins me sentais-je bien dedans. Comme je n'avais pas de feu, il me tendit son briquet.

«Que pensez-vous de Bruxelles?»

J'aspirai une bouffée de tabac mentholé. Par la fenêtre, j'apercevais la croupe rebondie d'un palefroi de bronze. Même germanisé pour la circonstance par les héritiers du docteur Liebig, Gottfried von Bouillon nous tournait le dos avec mépris.

«Sous quel rapport?» répondis-je.

Le major esquissa un mince sourire, me dévisagea.

«Aucun en particulier, lieutenant. Contrairement à vous, je

ne suis pas spécialiste. Qu'ils viennent d'en haut ou de moi, je donne des ordres, peu d'avis. C'est le destin des vrais militaires. Non, je vous demandais juste une impression... »

Depuis un moment, les doigts de sa main gauche battaient la cadence sur un dossier cartonné, posé devant lui sur le sous-main de cuir. S'il fallait en croire le planton qui m'avait accueilli, avant d'héberger le nouveau suzerain de la contrée et sa cour de preux galonnés, le bâtiment avait abrité un ministère. Il en subsistait un parfum têtu de vieille paperasse et l'atmosphère insulaire propre à ces radeaux bureaucratiques dérivant à la surface d'un temps immobile. Sur la cheminée, la pendule était arrêtée.

« Bruxelles, lieutenant, est une ville inachevée. Elle aura beau faire, il lui manquera toujours quelque chose...

- Un fleuve ?

- Cela aussi, vous avez raison. Je pensais davantage à la grandeur... »

Il se leva, fit quelques pas dans la pièce. La cigarette brûlait doucement entre ses doigts, il la portait peu à sa bouche, se contentait d'en humer la fumée.

« Bien, continua-t-il. Vous verrez par vous-même. Je ne peux vous promettre une affectation stable. Très bientôt, si les médecins vous estiment rétabli et apte au service actif, vous pourriez devoir rejoindre votre unité... »

Dans son regard, je lus la volonté de me percer à jour.

Sa dernière phrase, il l'avait pensée comme une menace un peu creuse, ou un coup de sonde. Mon apathie le surprenait. Pour autant, elle ne lui déplaisait pas.

« Vous êtes décidément un homme singulier, Metzger. Pour un réserviste, vous ne manquez ni de sang-froid ni d'audace... »

Instinctivement, mon regard tomba sur la croix de fer. Il portait la sienne en cravate, sans ostentation particulière.

« Non, fit-il. Je ne parle pas de cela. »

Il eut un geste plein de dédain, écrasa son mégot dans un cendrier.

«Ce courage-là est à la portée du premier imbécile venu... J'ai autre chose en tête. C'est d'ailleurs l'une des raisons de votre présence.»

À mon tour, j'éteignis ma cigarette.

«Je vous suis mal, Herr Major», murmurai-je.

Son sourire se fit plus large. Aussitôt, d'une main sûre, il dénoua les rubans du dossier, l'ouvrit.

«Reconnaissez-vous ceci?»

Peu de choses pouvaient encore me faire rougir. J'eus l'impression que mon cœur s'arrêtait. Sous mon nez, il brandissait un fascicule de la revue. Bien visibles sur la couverture, numéro et année proscrivaient toute méprise. L'étonnement me clouait le bec. Car j'avais toujours cru que les derniers exemplaires moisissaient à Bruchsal, dans la cave de mon beau-frère.

«Oui, bien sûr que vous le reconnaissez. Nous avons des archivistes consciencieux, n'est-ce pas? Attendez que je retrouve la page...»

Prenait-il plaisir à ce jeu? Difficile à dire.

«Ah ! Voilà... Remarquable !... Je vous cite...»

Le major plissa les paupières. Un étui à lunettes traînait sur le sous-main.

« On se demanderait avec fruit quelles motivations sous-tendent la démarche artistique des architectes allemands d'aujourd'hui. Toutes leurs théories semblent s'organiser autour du sur et du sous. La pratique a suivi. Ainsi, pour loger le peuple, ils favorisent l'émergence

d'un sous-style, ersatz vaguement historiciste d'un habitat traditionnel idéalisé. Pour loger l'État, ils donnent par contre dans l'hypertrophie la plus effarante en bâtissant des temples civiques dont le but le moins obscur viserait à faire du citoyen ordinaire un Lilliputien égaré dans une cité conçue pour des Gullivers. Tout se passe donc comme si MM. Troost, Speer, Sagebiel et consorts, plutôt que d'élever l'homme par l'art, s'étaient donné mission de le rétrécir...»

Brusquement, il interrompit sa lecture, jeta la revue sur son bureau.

«Votre courage n'a d'égal que votre esprit caustique, Metzger. Sur le fond, bien sûr, je ne partage pas votre vision des choses.»

Son sourire me soufflait le contraire.

«Je ne parlerais pas de courage, Herr Major. Plutôt d'inconscience...»

Un mensonge de plus. En écrivant ces phrases, j'avais fort bien su ce que je faisais. Seul le calcul des conséquences n'était pas entré dans ma réflexion. Non, il eût plutôt fallu parler de cohérence. Car, au moment de fermer l'enveloppe, aucune hésitation, aucun doute ne m'avait freiné.

«Vous, un inconscient? Permettez-moi d'en douter, Metzger. Si tel était le cas, croyez bien que vous ne seriez pas ici. Mettons d'ailleurs les choses au point. Comme vous l'aurez compris, je ne suis ni un politique ni un gestionnaire. Ceux-là sévissent de l'autre côté du parc...»

Sans se retourner, il désigna la fenêtre. Vers la droite, derrière de hautes grilles, on distinguait les premières frondaisons du Parc royal.

«Ils ont beau porter le même uniforme que nous, ce sont des civils déguisés en militaires. Enfin, je préfère cela aux voyous grossiers que Berlin pourrait envoyer ici. Le Parti grouille d'arrivistes impatients de jouer aux satrapes. S'ils savaient à quoi ils échappent, les Belges devraient nous remercier...»

Il alla se rasseoir, ouvrit un tiroir de son bureau.

«Trêve de bavardages. Nous avons besoin d'un homme comme vous.»

L'incrédulité devait se lire sur mon visage. Comme ma cheville m'élançait, je changeai de position, me redressai dans mon fauteuil.

«De moi, vraiment?»

Il hocha la tête, prit une chemise dans le tiroir, feuilleta d'un doigt rapide les pièces qu'elle contenait.

« De vous, vraiment. »

Un feuillet dactylographié l'intéressait particulièrement. Cette fois, il ouvrit l'étui et chaussa des lunettes métalliques aux verres circulaires.

« Un avis objectif nous serait précieux. D'après votre dossier, en plus d'être architecte, vous êtes aussi versé en histoire de l'art, si je ne m'abuse ? »

D'un signe de tête, j'acquiesçai.

« Université de Tübingen », précisai-je.

Il eut une mimique songeuse.

« Ah ! Tübingen, la douceur de vivre... On y fait toujours de la barque aux bougies sur le Neckar, quand la nuit tombe ? Vous êtes Badois, si j'ai bien lu.

- De Bruchsal, Herr Major.

- En effet. Je crois d'ailleurs que vous y avez postulé comme... conservateur ?

- Au château, oui.

- Bâtiment remarquable, je suppose ?

- Selon moi, le chef-d'œuvre de Balthasar Neumann. L'escalier triomphal, surtout. Ma candidature n'a pas abouti. »

« Bien entendu », faillis-je ajouter.

Hartmann fronça les sourcils.

« Jamais visité. Mais j'imagine le cadre. Il y a décidément une Allemagne qui rêve. Les gens du Sud prennent la vie du bon côté. Ils ont sans doute raison.»

J'eus envie de lui faire remarquer que, comme les autres, les gens du Sud avaient brûlé leurs synagogues. Heureusement, je n'en fis rien.

«Pour revenir à ce qui me préoccupe, nous avons un petit problème avec une Kommandantur locale. Normalement, il n'y aurait pas de quoi fouetter un chat, mais je me méfie de certaines initiatives. Par leur côté intempestif, elles pourraient jouer en notre défaveur et verser de l'eau au moulin de ces messieurs les administratifs, de l'autre côté du parc. Peser le pour et le contre en toute occasion, ils en ont fait leur credo et leur profession. De là à tomber dans un certain immobilisme... Quoi qu'il en soit, je préférerais que leur Kulturamt évite de mettre son nez dans nos affaires strictement militaires. Le général von Falkenhausen aussi, même s'il n'en fait pas étalage, et cela se comprend. Si j'ai bien interprété ses propos, il n'aimerait pas avoir à rendre un jugement de Salomon entre les deux piliers de son commandement...»

Pour la première fois depuis le début de l'entretien, je me surprenais à guetter la suite. Quel rôle le major avait-il imaginé me confier dans cette obscure escarmouche entre services?

«Quel bébé faut-il couper en deux, Herr Major?»

Du plat de la main, il lissa le feuillet sur son buvard.

«Préparez votre marteau-piqueur, lieutenant. Il s'agit d'un monument.»

L'effet escompté avait été obtenu. Comme pour mieux en profiter, il s'interrompit, joignit les mains sous son menton.

«Pardon?» bredouillai-je.

Sur le palier, derrière la double porte, un léger cliquetis se fit entendre. Un pas régulier suivait à distance dans l'escalier. Hartmann jeta un coup d'œil à la pendule arrêtée puis, agacé, à sa montre.

«L'heure de la promenade... Les chiens du général ressemblent à leur maître. Réglés comme des horloges. Je parierais qu'ils ne changent jamais d'arbre... Où en étions-nous?»

Plus vif que les autres, un rayon de soleil éclaboussa le papier peint derrière lui. Ses lunettes étincelèrent.

«Un monument, Herr Major...»

Il renversa le buste, s'abandonna au capitonnage du fauteuil.

«Parfaitement, lieutenant. Parfaitement... Un monument: voilà ce que le commandant de la place d'Ypres veut rayer de la carte. Une autre cigarette?»

J'en pêchai une dans son étui. À nouveau, il avança son briquet.

«Le monument en question se situe à Steenstraete, près d'Ypres. Un de ces mémoriaux qui ont poussé là-bas comme des champignons juste après l'autre guerre. Alors vous pensez, a priori, un de plus ou un de moins...»

La cigarette me fit du bien. Il me sembla que je redevenais capable de penser.

«Justement, Herr Major. Il faut que ce mémorial soit particulier pour...»

Il m'arrêta d'un geste.

«J'y viens, lieutenant. Où est cette photo?»

Les lunettes avaient glissé sur son nez. Il farfouillait à l'intérieur de la chemise.

«Quelqu'un a dû égarer le cliché, maugréa-t-il. Ce service devient une vraie pétaudière ! Je finirai par croire que le pays est contagieux... Mais bon, vous verrez par vous-même. En fait, ce mémorial a été construit par les Français. Il commémore la première utilisation des gaz de combat.

- Jusque-là, je ne vois pas ce que...

- Commémorer n'est peut-être pas le bon terme. Les inscriptions qui figurent au pied du monument, de même que les sujets représentés...»

Pour la première fois, il cherchait ses mots. Je décidai de venir à sa rescousse.

«Ne correspondent pas à notre vision de l'histoire?»

À nouveau, un mince sourire éclaira son visage étroit.

«Vous m'ôtez les mots de la bouche, lieutenant. C'est exactement cela. Notez, il n'y aurait pas de quoi en faire un fromage si la Kommandantur n'y avait vu une offense à notre armée. Après avoir exigé l'effacement des inscriptions, et constaté certaine mauvaise volonté à s'exécuter de la part des autorités civiles, le commandant de région a décidé de procéder à une destruction pure et simple. À mon avis, pour se montrer à ce point sourcilleux, le gaillard a dû barboter dans le secteur il y a vingt-cinq ans...»

Ce qui n'était sûrement pas le cas du major. Vu son âge, il avait dû entamer sa carrière dans la Reichswehr juste après la guerre. Avant 33, en tout cas.

« Quant aux gaz, continua-t-il, que nous ayons été les premiers à les utiliser ne me semble pas contestable. Nous avons été plus rapides, c'est tout. De là à passer pour des barbares, il y a un pas que la propagande adverse a trop vite franchi. Mais maintenant que les esprits se sont calmés... »

Prenait-il ses désirs pour des réalités ? À l'évidence, le major Hartmann devait voyager plus souvent en Mercedes qu'en tramway.

« Nous devrions éviter ce genre de règlement de comptes, Metzger. La mesquinerie ne sied pas aux vainqueurs. Question symboles, raser la clairière de Rethondes aurait dû suffire. Les gaz, c'était... »

Il me considéra d'un regard aigu.

« Une prouesse technique ? » avançai-je.

Les sourcils haussés, il se mit à rire.

« C'est cela, lieutenant, un exploit scientifique. Pour couronner Fritz Haber juste après la guerre, les jurés du Nobel l'avaient bien compris. »

Il faisait chaud dans la pièce. Si j'avais pu, j'aurais entrouvert la croisée pour laisser pénétrer un peu d'air frais.

« Fritz Haber est mort en Suisse, murmurai-je. Peut-être avait-il fini par comprendre, lui aussi, beaucoup de choses. »

D'un même geste, le major écarta la fumée et l'objection.

« Fritz Haber était juif et intelligent. Il avait surtout compris que sa place n'était plus en Allemagne. Si on n'efface pas l'histoire, lieutenant, on ne va pas non plus contre elle. Nous devrions d'ailleurs nous en souvenir, de temps en temps. »

D'une main soudain mal assurée, j'amenai la cigarette à mes lèvres, tirai une longue bouffée. Mon trouble se dissipa. Ma place à moi, où était-elle ? Pas dans ce bureau, j'en acquérais peu à peu la certitude.

« À ce propos, poursuivit le major, on peut se demander si la... race de l'inventeur n'explique pas l'abandon du gaz. On a vu des choses plus étranges.

- Ce n'est peut-être que provisoire. »

Un silence tissé de rumeurs urbaines satura soudain la pièce. Sur la place, la cloche de l'église marqua le quart d'heure. Dans un bureau voisin, une machine à écrire crépitait. Le timbre du chariot sonnait à chaque retour. La dactylo tapait vite. Presque aussi vite que Leni.

« Sauf votre respect, Herr Major, je ne vois toujours pas ce que je... »

Comme s'il avait capté mon désir, dépliant ses jambes, le major avait gagné la fenêtre. L'espagnolette grinça.

« Très simple, lieutenant. Ce mémorial est peut-être aussi une œuvre d'art. »

Avant de se rasseoir en face de moi, il écrasa son deuxième mégot contre l'appui de pierre bleue et, d'une pichenette, l'expédia sur le balcon du dessous.

« Si tel était effectivement le cas, reprit-il, entre la susceptibilité exacerbée d'un commandant de région et l'image potentiellement déplorable que nous y gagnerions, le choix serait vite opéré. D'autant plus que l'artiste en question, à ce que j'ai pu entendre, n'est pas n'importe qui. »

Devant ma curiosité, Hartmann rouvrit la chemise.

« Paul Bourin, ça vous dit quelque chose ? »

Pris de court, je ne sus d'abord que répondre.

« C'est une plaisanterie, Herr Major ? »

Mon interlocuteur leva le nez de ses papiers, s'esclaffa.

« Non, lieutenant. Juste le nom de l'architecte. Malgré tout le respect que je dois à votre profession, vous et vos semblables vous contentez parfois d'empiler les cubes qu'on vous donne.

- Le client est roi, Herr Major.

- C'est sans doute malheureux. Vous verriez la photo... »

Celle-ci manquait toujours à l'appel. La chose ennuyait le major. Sa démonstration s'en trouvait affaiblie.

« Non, lieutenant. En l'espèce, c'est le sculpteur qui nous intéresse. Une vedette, me suis-je laissé dire. Connaissez-vous Maxime Réal del Sarte ? »

Le menton dans une main, je fouillai ma mémoire. De vagues souvenirs me revenaient. Quelques mauvaises photographies aux contrastes accusés par le bélino, sans doute entrevues sur les pages de l'un ou l'autre journal. Pas davantage que celle d'un Thorak ou d'un Breker, dans des genres différents il était vrai, la production de Réal del Sarte ne suscitait mon enthousiasme.

« Pas très bien, dis-je après un temps. Quelques statues de Jeanne d'Arc. Des commandes officielles. Si je ne m'abuse, il a perdu un bras durant l'autre guerre. »

Presque admiratif, le major branla du chef. J'avais marqué un point.

« Embêtant, pour un sculpteur, non ? Enfin, je n'y connais rien et je me garderai bien d'influencer votre jugement, pour peu que cela soit possible. Sachez seulement que s'il s'était agi d'un autre artiste, le mémorial serait déjà réduit – comme bien d'autres dont je ne vous dresserai pas la liste – en pierraille pour boucher les nids-de-poule. Nous n'aurions même pas reçu de dossier, juste un avis de destruction. Mais ici, il y a une différence...

- Laquelle ?

- Selon les renseignements dont nous disposons, ce Réal del Sarte semble avoir ses entrées à Vichy. »

Je commençais à comprendre, sinon ce qu'on attendait de moi, du moins la raison pour laquelle j'étais ici.

« Cela change tout, évidemment », fis-je, pour dire quelque chose.

Il écarta les mains.

« Quasiment rien, à la vérité. *Vae victis*, Metzger. Mais l'occasion est belle pour faire passer un message à messieurs les commandants de place.

- Un message ? »

Des deux mains, il prit appui sur les accoudoirs, pencha le buste au-dessus du bureau. Sa décoration balança dans le jour soudain voilé de la fenêtre. Dehors, une averse printanière s'était mise à tomber.

« L'initiative du chef de corps a beau faire partie de notre tradition militaire, jusqu'à nouvel ordre, la destruction anarchique de mémoriaux réputés insultants pour l'armée allemande est terminée ! Dès aujourd'hui, nous instaurons le permis de chasse. S'ils veulent accrocher un trophée supplémentaire à leur tableau, ils devront d'abord solliciter notre autorisation. Et avant cela, notre avis. »

De l'index, il remonta les lunettes sur l'arête de son nez.

« Votre avis, autrement dit ! Dès jeudi, vous partez pour Steenstraete, avec un ordre de mission très précis et des compétences nouvelles.

- Vous voulez dire que... ?

- Que vous rendrez directement compte à mon service, sans passer par la chaîne de commandement normale. Considérez-vous comme attaché au quartier général. À cet effet, vous disposerez d'un véhicule et d'un chauffeur. Il vous tiendra lieu d'ordonnance.

- J'en prends acte, Herr Major.

- Etant donné votre pedigree, je gage que je peux attendre de vous un rapport objectif. Pour autant, tâchez de rester intelligible. Et abstenez-vous de louer trop ouvertement certaines formes d'art – vous me comprenez. Entendons-nous, lieutenant: c'est *votre* avis que je désire, pas celui d'un quelconque censeur du Parti. La décision, donc la responsabilité, m'incombe.

- J'entends bien, Herr Major.

- Alors c'est parfait, Metzger. »

D'un bond, il fut debout. L'entretien touchait à sa fin. Je me levai.

« Dans un premier temps, nous nous en tiendrons à cette mission, reprit-il. Pour la suite, nous aviserons. »

Sur le palier, le cliquetis de tout à l'heure se faisait de nouveau entendre. Quelque chose gratta le panneau de la porte. Un pas régulier remontait l'escalier. Hartmann regarda sa montre, tourna la tête, lança un coup d'œil à la fenêtre.

« Bien ce que je me disais... »

L'averse se calmait, desserrait son réseau.

« Première fois que ce chien se trompe d'étage... », grommela Hartmann.

La voix cassante du général résonna. Il grondait son compagnon à quatre pattes. Au bruit qui suivit, je crus comprendre que, peu impressionné, le toutou s'ébrouait, aspergeant plinthes, moulures et papier peint.

«Un homme comme vous, reprit le major, doit pouvoir supporter la vie loin du front. Dites-moi si je me trompe?»

S'agissait-il d'un piège? La complexité de la réponse à fournir me découragea.

«De toute façon, vous avez déjà donné. Exiger plus de votre part confinerait à l'indécence. Au gaspillage, sûrement. Si, à l'avenir, nous ne pouvions utiliser vos compétences... particulières, je me fais fort de vous garder dans cette ville, à supposer qu'elle vous plaise.

- Je ne sais pas encore, Herr Major.

- Bientôt, vu ce qui se prépare, vous vous ficherez de l'aimer ou pas. Je m'arrangerai. Il y a toutes sortes de petits boulots à remplir, ici. Par exemple...»

Le major Hartmann déchaussa ses lunettes, tira sur les plis de sa veste d'uniforme et bomba le torse.

« Vous savez y faire avec les chiens, Metzger?

- Ça peut aller, Herr Major, mais...?»

Parfaitement détaché, Hartmann jouait avec un coupe-papier.

«Le général aime les teckels. Des animaux délicats. Comme lui, ils adorent la marche, détestent la pluie et prisent la philosophie chinoise. Le général n'a pas toujours le temps de les promener.»

Soulagement. Ce n'était pas un piège, juste une menace amusée.

«Je ne vous retiens pas, lieutenant. Passez une bonne journée et reposez-vous. Ce midi, pour peu qu'on en serve en ville, essayez donc le *stoemp*[1] aux poireaux. Et ce soir, soyez présent à vos quartiers : ma secrétaire vous apportera un dossier complet. Avec photo cette fois. À propos...

- Oui, Herr Major ?

- Vous êtes marié ?»

Instinctivement, je cachai ma main gauche. L'alliance brillait à mon doigt.

« On peut dire ça, Herr Major. »

Une trace de gêne ternit son regard. Il voulut dire quelque chose, se ravisa.

« Tenez-vous prêt, lieutenant. Vous partirez demain. »

Vu l'état de ma cheville, je n'essayai même pas de faire claquer mes talons. Je me bornai à recoiffer ma casquette et saluai sans tendre le bras. Avec cet homme, je pouvais me le permettre. Ce genre de chose se sentait.

« À vos ordres, Herr Major. »

Il me congédia d'un hochement de tête.

Quand je débouchai sur la place, l'averse avait cessé. Les pavés luisaient comme les vaguelettes tremblantes d'un lac forestier. Par centaines, les flaques d'eau ramassaient des

---

1. potée bruxelloise

fragments de soleil. Dans l'une d'elles, la sentinelle de service tapa du pied et effectua un «présentez arme!» digne des grenadiers du vieux Frédéric. Distrait, je négligeai de lui rendre son salut. Au lieu de cela, sans réelle méchanceté, je me pris à imaginer que, contrarié par la pluie, le chien du général avait pissé sur ses bottes.

Si je n'y prenais garde, il chierait très bientôt dans les miennes.

J'aurais dû monter à l'arrière mais, selon moi, jamais les privilèges liés au grade n'avaient aboli le ridicule de certaines situations. Jouer les condottieres à bord d'une petite Kübelwagen pétaradante, surtout décapotée, faisait appel à un sens de l'humour que j'avais perdu. En tout cas, si ce produit du génie aryen remplissait un jour, sous des atours plus civils, sa mission annoncée de voiture du Peuple, on pouvait escompter avant mille ans un durcissement des postérieurs allemands propre à réjouir les eugénistes au pouvoir.

Pour plus de discrétion et de facilité, j'avais préféré prendre place à côté du chauffeur. La casquette était restée à Bruxelles dans ma cantine et j'arborais mon vieux bonnet de police qui, aux yeux des profanes – plus précisément des autochtones –, ne me distinguait pas au premier coup d'œil du plus humble des sous-officiers. Contournant le pare-brise, le vent de la course faisait claquer comme des voiles les pointes relevées du col de mon manteau.

Aucun véhicule ne nous croisait. Par prudence, le chauffeur avait laissé les phares allumés. Sous leurs paupières métalliques, ils n'éclairaient pas grand-chose. De part et d'autre de la grand-route, telle une lente marée, la brume matinale recouvrait les prairies humides, d'où émergeaient çà et là les ducs-d'albe de maigres bosquets noirs. À ce paysage sans véritable relief, elle prêtait pour un temps un double fond inattendu, où le mystère trouvait refuge en brouillant les formes du quotidien. Perdues dans leurs pensées, quelques vaches fatalistes ne daignaient pas lever les cornes sur notre passage et ruminaient sans appétit l'herbe des fossés de drainage. Plus haut, des clochers trapus dressaient les rares amers d'une côte ennuagée, où aucune falaise ne barrait la vue.

Depuis les remparts d'Ypres se succédaient ainsi, de loin en loin, des villages-rues aux maisons basses, fugitives. Des lampes assourdies avivaient les carreaux des fenêtres mal occultées, entrouvertes sur la vie secrète des cuisines. Le couvre-feu avait pris fin. À cette heure, comme en Bade sans doute, les fermiers avaient terminé de sortir leurs bêtes et, revenus des pâtures, se versaient un premier café dans des bols à fleurs ébréchés.

Nous avions bu le nôtre près d'une roulante, le long de l'Yperlee où stationnait un bataillon de pionniers en manœuvre. Malgré l'horrible succédané qu'on y servait, probablement plus riche en glands qu'en café proprement dit, j'avais préféré un arrêt en rase campagne aux salons de la Kommandantur, et Janowitz, mon chauffeur, n'avait exprimé aucun regret à l'idée de rater une collation plus copieuse. À la faveur de cette halte, sa nature bavarde avait trouvé à s'exercer en compagnie de quelques interlocuteurs plus diserts que moi et de grade équivalent au sien.

Trop engourdi encore pour étrenner ses nouveaux rayons, le soleil se hissait par-dessus les cimes des saules et des tilleuls. Un panneau délavé annonçait Boesinghe à deux kilomètres. Si Janowitz maintenait le rythme, nous atteindrions Steenstraete dans quelques minutes. C'était heureux. Partis de Bruxelles dans l'obscurité profonde de la fin de nuit, nous roulions depuis plus de quatre heures sur les nationales des deux Flandres, plein ouest.

« Herr Leutnant ? »

Il n'arrivait pas à me donner mon grade complet. Je tenais cela pour une politesse, tant le préfixe m'offensait l'oreille par sa mesquinerie.

« Si je peux me permettre... ? »

De loin en loin, n'y tenant plus, Janowitz tâchait d'enfoncer un coin dans le silence qui, à mon aune, nous rapprochait autant qu'il nous séparait. Je lui trouvais bien du mérite. Comme son bagout le laissait deviner, Rudiger Janowitz était originaire de Berlin – Tempelhof, plus précisément, au bout des pistes de l'aérodrome. Son jeune âge lui avait laissé le temps d'exercer durant quelque deux ans la profession de chauffeur de taxi. Sa prédilection pour le bavardage n'avait pas d'autre

origine. La plupart du temps, il répondait lui-même aux questions qu'il avait posées. Plutôt que d'en concevoir une quelconque irritation, je trouvais la chose reposante. Ainsi pouvais-je observer à loisir le paysage et réfléchir à l'étrange mission que m'avait confiée le major Hartmann.

Cette fois, après la cuisine locale et les femmes, dont il avait conclu à tort qu'elles m'inspiraient peu, Janowitz choisit d'aborder un sujet plus militaire.

« Votre croix de fer, vous l'avez eue sur la Meuse ? »

Comment le savait-il ? J'opinai sans tourner la tête.

« Avec Rommel ? »

Pour l'avoir côtoyé en opérations, je ne nourrissais envers le nouveau Clausewitz qu'une estime très relative, liée davantage à son honnêteté foncière qu'à ses exploits guerriers et, surtout, sa fréquentation trop assidue pour n'être pas intéressée des antichambres du pouvoir.

« Avec Rommel, en effet. »

Janowitz apprécia. Ma compagnie, décidément, le flattait. Ce matin, en m'ouvrant la portière, il avait remarqué ma légère claudication et s'était cru obligé de préciser qu'il boitait lui aussi.

« Rien de glorieux, Herr Leutnant. Juste une jambe un peu plus courte que l'autre. Les salauds, ils ont voulu me réformer ! »

Ils avaient raté leur coup. Repêché alors qu'il n'osait plus y croire, Janowitz entretenait l'espoir de rejoindre l'élite des guerriers du Reich. Appuyée par quelques vagues relations qu'il avait dans le Parti de la capitale, sa candidature comme chauffeur de char arrivait en fin de parcours. Vu les bruits insistants qui venaient de l'Est, peut-être y moissonnerait-on bientôt le laurier en quantités industrielles. Pour cela, il suffirait d'en être. Dans l'attente d'une réponse, Janowitz retenait son souffle. Et dans un tel contexte, notre escapade en pays conquis lui fournissait une diversion bienvenue.

«Vous en avez eu, de la chance!»

Silencieux, je hochai la tête. Probablement donna-t-il à mon geste un sens très différent de celui que j'y avais mis. C'était le but. La voiture sauta sur un mauvais raccord de chaussée, à l'approche d'un pont. Janowitz ralentit, zigzagua entre les fondrières puis remit les gaz.

«La division a traversé près de Dinant, précisai-je. Une sale affaire.»

Trop occupé sans doute à rêver ses futurs faits d'armes, Janowitz ne mit pas à profit la brèche qu'il venait d'ouvrir. Autour de nous, le paysage parlait labourage et pâturage plutôt que chevauchées sauvages à la pointe des combats. Il n'en avait pas toujours été ainsi. L'apparition programmée du mémorial nous le rappellerait bientôt. De même les cimetières anglais de l'autre conflit qui, de loin en loin, jalonnaient notre route depuis quelques kilomètres.

«La guerre, Herr Leutnant, on croit que ça ouvre des perspectives, mais on finit toujours par faire la même chose.»

Intrigué par la subite profondeur de cette remarque, je m'étonnai.

« Vraiment ? »

Janowitz changea de vitesse.

« Regardez-moi : je conduis toujours un taxi ! Le modèle est différent, d'accord, mais à part ça c'est le même boulot. »

Nul doute que, au niveau du confort, nous avions perdu au change.

« Et vous ? poursuivit-il. Qu'est-ce que vous faisiez, dans le civil ? »

Des remugles de purin et d'humus épiçaient l'atmosphère. Pourtant, l'odeur âcre d'un incendie monta dans mes narines. La brume mourante de ce matin de mai avait disparu. Une chaleur d'été m'accablait. Le général me hurlait dans les oreilles tandis qu'en face, sur l'autre rive du fleuve, crépitait la fusillade. Les balles sifflaient autour de nous. Couché en travers du trottoir, le colonel ne bougeait plus. Son casque troué reposait dans le caniveau. Penché sur lui, un infirmier secouait la tête. Il avait renoncé à déchirer l'emballage du pansement, l'avait remis dans sa musette.

« Vous m'entendez ? »

Mon casque me gênait. Un fracas de vagues m'emplissait le crâne.

« L'écran de fumée est trop mince ! aboyait le général. Tant que les Français y verront quelque chose, nous ne passerons pas ! Avant de tenter la traversée, il faut absolument incendier

d'autres maisons le long des berges ! Prenez toute l'essence que vous pourrez et allez-y ! Faites vite ! »

Mon peloton de pionniers s'abritait comme il le pouvait en contrebas du quai, prêt à lancer à l'eau les premiers canots. J'arriverais juste à temps pour contremander l'ordre initial. Me faufilant entre les chars à l'arrêt, j'avais traversé la rue au petit trot. Percé d'impacts, le panneau d'une station-service oscillait en grinçant. Derrière lui, alourdissant la chaleur, un pavillon de style normand vomissait des gerbes de flammes rousses. Les boiseries du balcon brûlaient comme de l'amadou. Avant de jeter l'allumette, pris de pitié, un de mes hommes avait évacué d'une chambre d'enfant les deux ours en peluche qui s'y cachaient. Dans le jardin, assis côte à côte sous une tonnelle, les rescapés tournaient le dos au brasier et leurs yeux vitreux fixaient la rive opposée de la Meuse, où les tirs français accrochaient aux rochers d'éphémères plumetis.

Il me restait à traverser le chemin de halage. Les balles striaient l'air de leurs couinements brefs. Profitant d'une accalmie, j'allais enfin m'élancer pour rejoindre le groupe quand, brutalement arrachée au sol, ma botte droite se déroba. Le ciel se renversa, je tombai sur le dos. Le bord du casque me meurtrit la nuque. Il me sembla que j'allais perdre connaissance. En tournant la tête, j'aperçus un des deux ours en peluche. L'autre avait disparu. Le dossier du banc était brisé.

Alors vint la douleur.

Je me baissai, massai ma cheville à travers la botte.

« Ça va, Herr Leutnant ? »

Bien loin de s'inquiéter, Janowitz ne quittait pas des yeux le ruban de la chaussée. Je me redressai.

« Dans le civil, disiez-vous ?

- Oui, Herr Leutnant. »

Je rajustai mon bonnet de police. Pourquoi la réponse n'allait-elle pas de soi ?

Les paroles de Janowitz me revenaient à l'esprit. « On finit toujours par faire la même chose. » J'avais de sérieux doutes à ce propos. Moi, pour quelques ponts et passerelles bricolés avec les moyens du bord, j'avais contribué à trop de destructions. Mais les contre-exemples ne manquaient pas. Ainsi pouvait-on se demander si les incendiaires de la *Kristallnacht* s'étaient engagés en bloc dans la Luftwaffe. Si tel était le cas, je commençais alors à comprendre Coventry, peut-être même Londres et Rotterdam.

« Avant la guerre, je construisais des maisons. »

Ou du moins les dessinais-je. Mais foin de subtils distinguos. De plus en plus admiratif, Janowitz secoua la tête.

« Mince... Ça doit vous changer, alors. »

Ce n'était pas une question. Je m'abstins donc d'épiloguer.

La route décrivait une vaste courbe. Devant nous, à perte de vue, le paysage semblait s'écraser sous le poids du ciel.

J'ignorais d'où avaient décollé les cinq cents bombardiers, le soir du 14 novembre 1940. Peut-être avais-je entendu bourdonner leurs moteurs, sur mon lit d'hôpital, entre deux crissements de roulettes dans le couloir du bloc. Sur le chemin de l'Angleterre et du Warwickshire, il eût suffi à l'un d'eux de lâcher une bombe, une toute petite bombe, pour rendre ce voyage vers Steenstraete encore plus inutile qu'il ne l'était déjà. Un largage en douce avant la mer, sur un repère isolé, bien visible, posé telle une cible d'exercice au milieu d'un carrefour, histoire de tester la trappe du Heinkel et la précision des appareils de visée qui, de nuit, se révéleraient de toute façon inopérants.

Mais je n'y connaissais rien en technique de bombardement – pour peu qu'il en existât réellement une. Un jour, je poserais la question à Michael. Depuis que, dégoûté de l'infanterie, il faisait semblant de travailler dans les bureaux de l'Abwehr, il s'efforçait avec succès d'avoir réponse à tout. Un passe-temps comme un autre quand, comme lui, on aimait les défis. À l'hôpital, lui seul était venu me voir. Plus tard, usant de ses prérogatives, il avait obtenu copie de cette photo aérienne que j'emportais partout avec moi, incapable de m'en séparer.

Nous longions toujours l'Yperlee et le canal de l'Yser. Le soleil brillait maintenant sur notre droite, transformant en caillots d'ombre les rares bâtiments construits au bord de l'eau. J'avais perdu le compte des kilomètres. Aussi faillis-je sursauter quand, levant le pied, Janowitz ralentit, rangea la voiture sur le bas-côté et annonça, un peu théâtral :

« Le voilà, votre monument, Herr Leutnant ! »

Un pied déjà sur la chaussée, je n'avais pu m'arracher tout de suite au siège de la voiture. Avant de continuer, il me plaisait de retarder la rencontre avec l'œuvre que j'aurais à juger, éventuellement à défendre. Tant que je restais là, je conservais une liberté qui prendrait fin aussitôt porté le premier regard.

Par le jeu capricieux de la lumière et de la distance, la construction préservait encore une aura de mystère que la photographie n'avait pu lever. En réalité, je désirais entretenir l'espoir, fût-il léger, que l'évidente laideur du monument s'atténuerait par la grâce d'une troisième dimension cruellement absente du cliché.

Posé sur une vaste pelouse au carrefour de la nationale et de deux voies secondaires, le mémorial de Steenstraete découpait ses contours géométriques sous le ciel clair. Disséminée tout autour, une petite troupe de peupliers aux troncs graciles accentuait l'impression de lourdeur qui en émanait.

«Restez ici, Janowitz. Je vais voir cela de plus près.»

Un camion Opel bâché stationnait à l'écart. Trois silhouettes vert-de-gris s'affairaient près du véhicule. D'un pas décidé, je traversai la chaussée déserte puis, foulant l'herbe rase de la pelouse, m'approchai du monument. Au fur et à mesure que ses reliefs sortaient de l'ombre, sculptés par la lumière poudreuse du matin, la certitude se faisait jour en moi qu'il en émanait un magnétisme étrange. Perdu au milieu des champs et des pâtures, il se présentait sous la forme d'un grand tétraèdre tronqué. Sa base dessinait une progression complexe de plans et d'entablements, puis s'enfonçait dans la terre autour d'une entrée en trompe-l'œil. Déposé devant elle comme un cercueil abandonné là par ses porteurs, un cénotaphe vierge de toute inscription obstruait la porte béante des enfers chimiques.

Faute d'originalité, l'agencement des volumes me semblait du moins correctement conçu. L'architecte avait réalisé un travail honnête à partir des contraintes inhérentes au cahier des charges. Mais le problème qui avait motivé mon voyage se situait ailleurs. Pour examiner les statues, je voulus grimper sur l'un des murets de soutènement. Tandis que je cherchais le meilleur angle de vue, ma botte droite accrocha un fil. Je faillis trébucher. En le suivant, je découvris que le câble en question menait à un pétard fixé dans les fondations. Voilà qui était clair : on ne perdait pas de temps, dans le patelin.

Il me faudrait donc faire vite, moi aussi. Avec prudence, je me hissai sur l'un des pilastres qui délimitaient le périmètre du mémorial. Puis, la main en visière, je scrutai enfin la face avant du monument.

De fait, la photographie ne leur rendait pas justice : les trois statues censées attirer le regard pour mieux émouvoir le passant étaient, si possible, plus laides encore que leur reproduction. Même la pierre utilisée n'échappait pas à la censure. D'une qualité médiocre, elle avait noirci au contact de l'air et se couvrait par endroits d'une lèpre de lichens.

Au centre de la composition, victime des vapeurs scélérates et affamé d'air pur, dressé devant une croix en demi-bosse, un poilu extatique saisissait à deux mains le col de sa vareuse, prêt à la déchirer. Autour de lui, prostrés ou déjà morts, l'un à genoux, l'autre couché, deux camarades atteints du même mal jouaient les larrons de calvaire avec une conviction exagérée.

J'avais attendu mieux, tout de même, de Réal del Sarte.

Pour comble de maladresse, la légende inscrite dans le creux d'un cartouche contenait – si mon français ne me trahissait pas – une faute d'orthographe d'autant plus voyante que les lettres ne mesuraient pas loin de vingt centimètres :

AUX PREMIERES VICTIMES
DES GAZ ASPHIXIANTS

Entre l'avant-projet et le plan définitif, le Y avait dû prendre la tangente à la faveur d'un énième recopiage.

D'autres auraient ri. Moi pas. Au contraire, ma gorge se serrait.

Qu'y avait-il donc à sauver ici, que je sentais à défaut de comprendre ? À son insu, le major Hartmann, j'en étais sûr à présent, n'avait été qu'un instrument. Quoi qu'il pût en penser, la responsabilité du choix pèserait sur mes épaules, pas sur les siennes. Car, dans ce mauvais procès d'une mauvaise cause, j'étais l'avocat commis d'office à la défense d'un client débile, incapable de fournir les preuves qui eussent pu le tirer d'affaire. Son innocence ne faisait néanmoins aucun doute.

« Herr Oberleutnant ? »

J'avais entendu crisser ses grosses semelles sur le gravier de l'allée. Je me retournai. Devant moi, improbable croisement entre l'armoire à glace – pour la carrure – et la commode Louis XV – pour l'aspect ventru –, un Feldwebel du génie s'essayait au garde-à-vous sans vraiment y réussir. Les présentations effectuées et le salut rendu, le sous-officier se détendit.

« On nous avait annoncé votre venue, Herr Oberleutnant. »

Une touche d'accent bavarois colorait son allemand par ailleurs correct. Quant au sourire qui lui fendait la pipe, il trahissait un soulagement très flatteur pour moi. D'après l'allure, je n'avais rien d'un croquemitaine en inspection.

« Ah ? Vous m'attendiez ?

- Pas vraiment, Herr Oberleutnant. Sauf votre respect, si on est ici avec les hommes, c'est à cause du problème qu'on a eu, il y a deux jours.

- Un problème ?

- Rien d'irréparable. Ennuyeux, ça oui. Les fils ont disparu pendant la nuit. Tout le câblage à refaire. On a parlé de sabotage, mais c'étaient peut-être des ferrailleurs, rapport au cuivre. Alors depuis, on garde le carrefour et les environs. »

Assis plus loin sur le tronc d'un peuplier abattu, Janowitz fumait une cigarette avec les pionniers qui, déjà, avaient ôté leur manteau.

« Peut-être les Belges n'apprécient-ils pas notre projet ? » suggérai-je.

Heinz Brüning – car c'était le nom du Feldwebel – haussa les épaules.

« Les Belges ? Ils s'en foutent et ils ont raison, si vous voulez mon avis. »

Son gros bon sens m'amusait.

« Mais je vous en prie... », fis-je.

Soudain méfiant, l'autre tiqua.

« Pardon, Herr Oberleutnant ? »

Pivotant sur mes talons, je le regardai bien en face.

« Votre avis : je serais heureux de l'entendre. »

Brüning s'empourpra, gratta sa nuque rasée d'un index nerveux.

« Mon avis ? Oh, moi, Herr Oberleutnant... »

Il gonfla ses joues, soupira, reprit contenance.

« J'exécute les ordres et je ne pose pas de questions. Si ça doit sauter, eh bien ça sautera. Et si ça saute, autant que le travail soit fait dans les règles. Sur les chantiers, c'est pareil. Faut construire les murs là où l'architecte les a mis, pas ailleurs.

- Vous travailliez dans le bâtiment?

- Oui, Herr Oberleutnant. On est plusieurs, à la compagnie. D'ailleurs, pour être honnête, ça fait drôle de démolir des trucs plutôt bien construits. Ce machin-là, voyez-vous, y a pas à dire...»

D'un geste débonnaire, il désigna le mémorial.

«C'est de la belle ouvrage. Plutôt duraille, pour l'envoyer en l'air. À vue de nez, le tout doit peser dans les vingt tonnes. Alors déplacer ça d'un coup...»

Avant d'atterrir dans le génie, Heinz Brüning avait été conducteur de travaux. De toute évidence, s'il ne se posait aucune question quant au sens des missions qu'on lui confiait, il avait l'œil pour leur exécution. Tant qu'on ne lui demanderait rien d'autre que de dynamiter des mémoriaux, cette aptitude l'apparenterait à la classe des artisans consciencieux, respectueux de l'ordre établi, de ses mandataires et du nécessaire bien-fondé des besognes que ceux-ci leur assignaient. Et si un jour ces tâches changeaient de nature, on pouvait compter sur eux pour se montrer à la hauteur. Je commençais à le trouver moins drôle.

«De toute façon, fit-il remarquer en guise de conclusion, on peut dire ce qu'on veut : il n'est pas très beau, ce monument...»

Je m'étais mis à suer. Une légère nausée me prenait, peut-être due aux odeurs de bouse et de fumier qui imprégnaient la campagne ce matin-là. J'ôtai mon bonnet de police, passai une main sur mes cheveux.

«Si vous le dites...»

Je n'avais plus qu'une idée en tête : filer. Plus tard, cet après-midi par exemple, je reviendrais pour prendre quelques photos. Aucun gros plan des statues ne figurait dans le dossier. S'il me fallait défendre l'œuvre de Réal del Sarte contre ses détracteurs, les pièces à conviction manquaient. Je me recoiffai, saluai et pris congé du Feldwebel.

En bonne ordonnance, Janowitz éteignit aussitôt son mégot, fit ses adieux à ses nouveaux camarades et courut à la voiture. Tandis qu'il ouvrait la portière d'un geste cérémonieux, j'eus droit à la suite du programme pour la journée.

«Vous logez à Zuydschoote, Herr Leutnant. À vingt minutes de marche du monument. En voiture, deux à peine. La Kommandantur m'a communiqué l'adresse d'une logeuse. Une personne de confiance, paraît-il. Elle nous attend.»

Le voyage m'avait fatigué. Ma cheville me lancinait de nouveau. Je me sentais las et abattu. Vers l'ouest, tout proche, un village serrait ses toits de tuiles rouges autour d'un clocher carré, colonisé par une bande d'étourneaux.

«C'est ce patelin, là-bas?»

Janowitz avait claqué la portière et s'installait déjà au volant.

« Tout juste, Herr Leutnant. »

Tandis qu'il manœuvrait au milieu du carrefour, Brüning nous suivit des yeux. Derrière lui, ses deux pionniers avaient tombé la veste et faisaient mine de dormir dans l'herbe, près du camion. Les trois poilus du mémorial, eux, n'en finissaient pas d'agoniser. Les deux groupes s'ignoraient superbement.

Petit village endormi des confins de Flandre, Zuydschoote achevait de s'éveiller quand la Kübelwagen fit irruption sur sa placette. Au pied de l'église, retranché derrière une haie basse, le cimetière paroissial amarrait ses pelouses piquées de croix. Aucune effervescence n'accompagna notre arrivée. Quelques rideaux remuèrent, dix étourneaux firent un tour de clocher, un merle gagna le jardin de la cure voisine, et ce fut tout.

Nous roulions au pas. Quand il fut sûr d'avoir trouvé l'adresse, Janowitz gara la voiture sur le trottoir d'en face et coupa le contact.

« C'est ici, Herr Leutnant. »

D'apparence modeste, la maison ne payait pas de mine avec ses briques rouges et ses boiseries peintes en blanc. Des brise-bise défendaient jusqu'à mi-hauteur les fenêtres du rez-de-chaussée. Janowitz avait déjà empoigné mon sac de voyage et la valisette de la machine à écrire. Ainsi chargé, s'aidant du coude, il parvint à manœuvrer le marteau de la porte d'entrée.

Manifestement, il n'avait pas oublié les ficelles du métier. Son éventuel passage dans les blindés priverait l'état-major d'un élément de valeur.

Presque aussitôt, le battant pivota sur ses gonds. Une femme entre deux âges, vêtue d'une robe bleue sans manches et d'un tablier de même couleur, apparut dans l'embrasure. Quand elle m'aperçut, un éclair d'hésitation traversa son regard. Celle-là, j'en étais sûr, connaissait nos grades. Un muscle tressaillit sous la peau un peu flasque de son avant-bras droit mais, au dernier moment, elle se contenta de me sourire en penchant la tête. J'en conçus une méfiance immédiate, instinctive. Janowitz fit claquer les talons de ses bottes et se présenta.

« *Bonjour, Madame,* dit-il dans un mauvais français. *Ici est mon officier.* »

Je portai une main gantée à mon bonnet, inclinai légèrement le buste.

« *Sie kunnen in Duitsch sprechen*, ânonna-t-elle. *Ich habe lieber als Fransch*[1]... »

Sous le flamand germanisé perçait un ton à la fois humble et plein de ressentiment – même si ce dernier ne m'était pas destiné.

J'aurais pu faire un effort pour lui être agréable.

« *Si cela ne vous fait rien, je préfère m'en tenir au français, Madame...?* »

L'hôtesse piqua un fard. Un instant chassé, le sourire ne fut toutefois pas long à refaire son apparition.

« *Verstraeten, Herr Offizier... Frau Verstraeten. Donnez-vous la peine d'entrer.* »

J'ôtai mon bonnet.

« *Metzger,* dis-je. *Lieutenant Metzger.* »

---

1. *Approximativement :* « Vous pouvez parler allemand. Je préfère au français.»

Mme Verstraeten s'effaça pour me laisser passer. Je pénétrai dans un salon guère plus spacieux qu'un boudoir. Tendus d'un papier peint à fleurs roses, les murs s'ornaient à parts égales de fanions et d'images religieuses. Si les premiers pouvaient faire songer un instant au local d'un club de football paroissial, un examen sommaire corrigeait vite cette impression.

L'un des emblèmes exposés ressemblait au drapeau nazi, sauf qu'un triangle noir y remplaçait la croix gammée. Les autres bannières accueillaient une ménagerie de lions noirs griffus, de tous styles et tous formats. Sur un guéridon verni trônait une photo encadrée. J'y jetai un coup d'œil. Curieusement barbu, mais exhibant la panoplie traditionnelle, un Führer du cru – les uniformes de fantaisie et les mots d'ordre en flamand peints sur les calicots en témoignaient - tendait le bras face à une foule invisible.

La femme passa derrière le meuble, souleva le cadre avec précaution et, d'un index respectueux, désigna l'un des personnages assis à l'arrière-plan, sagement alignés au pied de la tribune. La garde prétorienne. Le coin inférieur droit du cliché portait une dédicace et une signature.

« *Herr Verstraeten* », commenta-t-elle.

Au pays, ce type d'individu pullulait, j'en connaissais quelques-uns personnellement. Mais ici, il y avait une différence, et de taille: il fallait bien que ces gens crussent à la vérité de leurs slogans puisque personne ne les y obligeait.

«*J'aimerais me retirer dans ma chambre, Madame. Le voyage a été long.*»

Mme Verstraeten reposa le cadre sur son guéridon, en corrigea l'orientation par rapport au jour de la fenêtre et me pria de la précéder dans l'escalier. Toujours lesté de mes bagages, Janowitz m'emboîta le pas.

Peu spacieuse et toute en longueur, la chambre contenait un lit métallique, un lavabo à l'ancienne muni de son broc, une chaise paillée, une garde-robe bancale de style indéterminé et une table en bois blanc. La fenêtre donnait sur la place. Le tout me convenait parfaitement.

«*Nehmen Sie Frühstuck s'morgens*[1]?», interrogea l'hôtesse, les deux mains réfugiées dans la poche de son tablier.

«*Très tôt, si possible.*»

Elle opina. C'était noté.

Janowitz avait déposé mes affaires sur le lit. Au-dessus de ma tête, des pas résonnaient. L'ampoule nue tournait lentement au bout de son fil. Mme Verstraeten montrait à mon chauffeur sa chambre sous les combles. La maison ne comportait qu'un seul étage.

1. *Approximativement :* « Vous prendrez un petit-déjeuner demain matin ?.»

J'ouvris mon sac de voyage. Comme à l'accoutumée, je commençai par extraire les photos de leur chemise en carton fort. La prise de vue aérienne d'abord, que je posai sur une étagère à côté du Sacré-Cœur en plâtre. Le cliché du château ensuite, tiré par mes soins avant mon départ pour l'armée. Il montrait la façade du corps de logis, côté cour d'honneur. Les armoiries des princes-évêques s'y détachaient avec netteté contre le fond clair du fronton central.

Après avoir rangé mes affaires dans l'armoire, j'ôtai ma vareuse et la suspendis au dossier de la chaise. Pour libérer le lit, il ne me restait plus qu'à installer la machine à écrire sur la table. J'en profitai pour retirer l'engin de sa valisette. Visiblement, c'était un modèle d'après 33, récupéré dans l'une ou l'autre administration. En témoignaient les runes SS qui, sur la touche du chiffre 3, figuraient en position de frappe minuscule. Sans idée précise, j'introduisis sous le rouleau une feuille vierge et manœuvrai la molette. D'un bord à l'autre de la page, je tapai une série continue d'éclairs jumelés, examinai le résultat. Bien ce que je pensais : ce caractère ne pouvait même pas servir à souligner un titre. À défaut de corbeille, j'expédiai la boulette au fond du pot de chambre.

Il faisait chaud dans la petite pièce. En bretelles et bras de chemise, j'allai jusqu'à la croisée et fis jouer l'espagnolette.

L'appui de pierre bleue était tiède au toucher. Sur la placette en contrebas, les tôles de la Kübelwagen commençaient à chauffer sous le soleil.

J'étudiai l'étroite vue dont je jouissais. Outre les soubassements de l'église, je distinguais les buissons de croix du petit cimetière. Plus loin, au-delà du chevet, j'apercevais d'autres sépultures moins modestes, dont la pierre grise contrastait avec la blancheur et la modestie des premières. S'agissait-il du coin des pauvres ? Pris de curiosité, j'allai chercher mes jumelles dans leur étui. Quand j'eus réglé la distance, un nom calligraphié en petites lettres noires apparut dans les oculaires : Basil S. GISSING. Puis un autre : John W. HARDY.

Et les noms se mirent à défiler comme sur les pages d'un annuaire : William GREER, Robert H. BLAKE, George W. TYE, Charles MATTHEWS... La peinture avait l'air fraîche. Ces hommes avaient dû tomber sur le chemin de Dunkerque, à peine un an auparavant. Le 29 mai 40, si je lisais bien. À cette date, on venait juste de m'opérer. D'après Michael, des SS de la division Totenkopf avaient abattu à la mitrailleuse une centaine de prisonniers britanniques pas très loin d'ici, de l'autre côté de l'ancienne frontière. Probablement rien à voir avec ceux-ci.

Quoi qu'il en fût, une nouvelle guerre avait donc laissé ses traces dans la région, superposées à celles de l'autre jusqu'à les effacer. Sur les croix de bois, je cherchai d'autres informations. Selon les inscriptions, ces soldats anglais avaient appartenu au régiment de Suffolk – un comté que j'avais traversé trop vite lors de mon premier périple architectural outre-Manche.

Je me souvenais surtout de Bury St Edmunds. Du gothique perpendiculaire de sa belle cathédrale. Des surprenants pignons hollandais de West Anglia. Et du garagiste maussade qui, à Lavenham, avait réparé sans piper mot la fourche faussée de ma vieille Triumph. Tout de même, n'avait-il pas affaire à un Jerry ? Cette idée, il semblait la traîner comme sa patte folle autour de l'établi. Bon, d'accord, celui-là ne roulait pas en BMW. Et oui, sûrement, il était trop jeune pour avoir connu ça.

J'avais quitté la fenêtre. Avant de m'allonger sur le lit, je pris la photo aérienne que Michael m'avait donnée, tassai mon oreiller contre les barreaux de cuivre. Puis, sans ôter mes bottes, je m'étendis. Les ressorts gémirent. J'eus envie d'une cigarette, mais l'absence de cendrier me découragea.

La lumière avare jouait sur la surface brillante du tirage. Pour l'étudier, aucune loupe n'était nécessaire. À plus de trois mille mètres d'altitude, moyennant grossissement, le plan de la cathédrale demeurait parfaitement visible – d'autant plus visible que le sanctuaire avait été réduit à ses murs extérieurs. Sur fond de briquaillons vitrifiés, la moindre absidiole se dessinait avec netteté, comme tracée à la plume sur du papier gris. Même effondrés et déblayés, les piliers du vaisseau respectaient toujours l'alignement puisque, vus de haut, leurs fûts coupés à la base donnaient le change aux observateurs. Dans la chapelle

de Notre-Dame, une tache plus claire signalait, je voulais le croire, le tombeau de l'évêque.

Je me demandai si, sous la chaleur intense des poutres embrasées, le gisant de bronze n'avait pas fondu. Tombant des voûtes en pluie incandescente, les clous des charpentes avaient dû sonner sur la mitre tels des battants de cloche. D'après Michael, le raid avait duré toute la nuit, onze heures en tout. Au matin, seule la tour intacte du sanctuaire tranchait sur le champ de ruines. Son ombre barrait d'un grand trait le centre rasé de la ville médiévale.

Le verbe *coventrieren* venait d'entrer dans la langue allemande.

Je relevai l'oreiller, me calai le plus confortablement possible. Dehors, quelqu'un sifflotait une rengaine mélancolique – Janowitz, probablement, que je n'avais pas entendu descendre de son perchoir et qui, à en juger d'après les bruits d'éclaboussures, lavait la voiture à grande eau pour tuer le temps. Je reconnaissais la chanson. Il y était question de réverbères et d'amours contrariées.

Résolu à ne pas me laisser distraire, je tâchai de concentrer mon attention sur la photographie. En reconstituant à coups de souvenirs le plan des rues effacées par les bombes, j'arriverais à retrouver Broadgate et Hertford Street. Il le fallait.

Je savais qu'ainsi je me faisais du mal, mais c'était plus fort que moi. La fatigue pesait sur mes paupières. J'avais envie de rêver. D'être loin d'ici. Très loin.

Sur la route de Coventry, dix années plus tôt.

Aux collines du Staffordshire avaient succédé les ondulations plus douces du comté de Warwick. Laissant de côté les grands axes, je fonçais vers le sud par les chemins creux et les routes de campagne. À mesure que nous approchions du but, ma vieille 500 dévorait les miles avec plus d'appétit. S'il existait une mémoire des mécaniques, peut-être percevait-elle, par-delà les prairies tachetées de moutons blancs et de bosquets noirs, venu de la banlieue encore invisible, l'appel de l'usine qui l'avait vue naître sous les fenêtres dormantes d'un toit à redans.

Arrivé au sommet d'un mamelon, j'avais arrêté la moto, mis pied à terre. Sous le ciel d'ardoise à la Constable, lourd et profond comme une mer, Coventry émergeait au ras de l'horizon. La flèche de la cathédrale dorait ses pierres ocrées aux derniers rayons d'un soleil horizontal. À l'arrière-plan,

les cheminées des fabriques mêlaient leurs crachats fuligineux aux nuages compacts qui avançaient vers les toits, en délogeaient les derniers reflets du jour. Une fine pluie commençait à moucheter la poussière du chemin.

Au terme de cette longue étape, elle m'apparaissait enfin, la terre promise des amateurs de belles Anglaises – à deux ou quatre roues. Pour les autres, n'en déplût à Lady Godiva, on se contenterait d'admirer sans essayer. Et encore, la prudence demeurait de mise : Peeping Tom n'avait-il pas perdu la vue pour un simple coup d'œil jeté depuis sa fenêtre, par l'interstice d'un volet mal fermé ? J'ignorais si la ville recelait encore des beautés à ce point aveuglantes, et ne tenais pas à tenter l'expérience.

De toute façon, avant de m'embarquer pour l'Angleterre, j'avais clos le débat et pris ma décision. Quoi que j'en eusse, il fallait faire une fin, cesser de rêver ma vie. J'épouserais Leni. Dès mon retour, je lui annoncerais la nouvelle qu'elle semblait d'ailleurs tenir pour acquise depuis fort longtemps. Elle agissait en conséquence, avec l'assurance des gens qui choisissent leur destin.

En attendant, je comptais bien profiter de ma liberté. Après Lincoln et Lichfield, avant Londres et Canterbury, Coventry serait la troisième étape de mon annuel circuit gothique. Les fontes de la moto contenaient déjà quatre cahiers noircis de notes et croquis divers.

Quand, veillant bien à rouler à gauche – entre deux villes, il m'arrivait d'oublier –, je passai sous l'arche de Cook Street

Gate, un crachin têtu, silencieux, lustrait la chaussée et les toits des maisons à colombages. J'avais baissé mes lunettes et coiffé mon chapeau de feutre. Tandis que je tournais dans le vieux quartier autour de la cathédrale, empruntant au hasard les rues tortueuses aux pavés glissants, de lourdes gouttes s'étaient mises à tapoter les bords du galurin.

Sans préavis, la bruine se muait en pluie franche. Si je n'avais été sous le charme du décor, j'aurais coupé court et cherché mon hôtel avant d'être trempé. Mais, réveillés par l'humidité, des bouquets d'odeurs fortes sourdaient des entrailles de la ville et je les humais, désireux d'inhaler l'atmosphère comme elle-même m'absorbait tout entier, dans un échange aussi inégal qu'enivrant.

Peu à peu les catégories du temps, avec ses âges et ses dates, ses rythmes et ses saisons, s'abolissaient autour de moi. Je ne connaissais plus que celui de mon cœur, lequel battait

une mesure apaisée sur la basse continue du moteur et de la pluie. Loin de Bruchsal, pourtant, loin du château princier, de son escalier triomphal gravi et descendu mille et mille fois, j'avais la certitude d'arriver chez moi, le sentiment obscur que la chambre qui m'attendait, dans laquelle je n'avais jamais mis les pieds, je la connaissais déjà par la grâce de souvenirs tactiles et olfactifs – fraîcheur un peu rêche des draps et taies de coton, arômes de cire d'abeille et de thé à la bergamote.

Davantage que le déluge ambiant, l'envie d'un bon bain chaud eut raison de l'heureuse aboulie qui m'engourdissait. Il était temps de rejoindre la réalité, fût-ce sous les espèces d'une baignoire fumante.

Par jeu, s'il n'avait plu ainsi tandis que je roulais vers Broadgate, je me serais découvert en dépassant la statue de Godiva. Conscient que le cheval ne retiendrait pas mon attention, j'avais replacé sur mes yeux les coques de mes lunettes, dans l'espoir qu'elles me protégeraient mieux qu'un volet. Malgré la buée, cela ne m'empêcha pas de distinguer, à travers le rideau liquide, la longue chevelure qui ruisselait comme l'averse sur le corps nu de la gente dame. Enfin, tournant définitivement le dos à la cathédrale, je mis le cap sur Hertford Street. Devant moi, au confluent des rues métamorphosées en torrents, tous feux allumés, le King's Head Hotel dressait sa majestueuse étrave de paquebot urbain.

Avant même de ranger la moto le long du trottoir, un doute m'assaillit. Laisserais-je mon engin devant l'entrée ou convenait-il de le garer ailleurs ? Aucune hâte ne me talonnait. La veste de cuir et le chapeau m'avaient gardé le poil sec au-dessus de la ceinture. Le reste avait percé dès les faubourgs. Peu m'importait. J'avais toujours aimé la pluie, ses bourrasques imitant la tempête et les havres douillets qu'elle révélait soudain au creux du quotidien.

J'avais coupé le moteur de la Triumph. Autour des roues immobiles, l'eau déferlante creusait un sillage en V. Presque aussitôt, la porte vitrée de l'hôtel s'ouvrit en tintinnabulant. Une jeune femme apparut en haut des marches, dans le rectangle de lumière jaune. Tirant un chapeau sur ses cheveux, elle renversa la tête et, l'espace d'un instant, scruta le ciel bouché. Les gouttières de l'étage débordaient. Voûtant les épaules, elle serra frileusement les pans de sa veste courte puis, à pas précipités, vint à ma rencontre.

« *Mr. Metzger* ? »

Tout de suite, malgré la relative lenteur du débit, l'accent me dérouta, à la fois doux et rocailleux, aux trop longues voyelles coupées de consonnes râpeuses. J'eusse été mortifié de reconnaître que je comprenais mal – même si cela m'eût donné la chance d'entendre sa voix une nouvelle fois. Aux paroles qui suivirent, je crus cependant deviner que mon télégramme de Lichfield était arrivé à bon port. Que j'étais attendu. Que ma chambre était prête. Que le voiturier n'était pas là. Qu'elle pouvait me guider jusqu'au garage.

Je n'avais pas bougé. Pas même fait mine de remettre le contact. La fatigue du voyage n'expliquait pas tout. Je me sentais bien là, sous la pluie. J'avais juste ôté mes lunettes. Et je contemplais avec une émotion que je ne m'expliquais pas ce visage un peu large, aux sourcils arqués, aux joues ni creuses ni rebondies mais rougies par la timidité et le vent mouillé du soir. Sur les lèvres pleines, l'averse battante délayait un sourire un peu misérable. À ce moment-là, je vis qu'elle ne portait ni manteau ni imperméable.

La moto pouvait rester là. J'étais prêt à la suivre.

Avais-je parlé en allemand, en anglais, en français? Je ne savais plus.

J'étais prêt mais je restais là, suspendu et heureux. Mon immobilisme béat privait la jeune femme de ses repères. Une sorte de flottement inattendu paralysait sa volonté. Pris dans un ressac de mouvements contraires, son corps n'était plus qu'indécision.

Autour de nous l'averse redoublait, criblant d'impacts les dalles du trottoir. Je la regardais toujours. Sous le chapeau cloche passaient de courtes mèches châtain foncé. La pluie dégouttait sur le col de sa blouse. À la fois stoïque et malheureuse, elle plissait les paupières pour y voir, fronçait les sourcils et chiffonnait la racine de son nez droit, bien dessiné mais un peu fort. Le tissu gris de la blouse commençait à lui coller au corps.

«*Dottie?*»

En redingote et gilet stricts, un homme d'âge mûr venait d'apparaître à son tour dans le cadre de la porte d'entrée.

« *Umbrellas are handy contraptions,* dit-il. *Don't you have some in Glasgow*[1] *?* »

Sous le ton paterne, une nuance de réprimande. La jeune femme sursauta, se retourna, rougit violemment.

« *Oh... Of course we have, Mr. Humphries*[2] *!* »

Un large sourire détendit la face du personnage.

« *Then be kind and try one next time, lassie*[3]. »

Dottie faillit faire demi-tour, courir chercher un parapluie, hésita, renonça, fit un pas dans ma direction. Aussitôt, le talon de sa chaussure ripa contre la bordure du trottoir et son pied plongea dans le caniveau, éclaboussant le bas de sa jupe. Elle poussa un petit cri, leva la tête vers moi comme pour s'excuser.

Quand elle agrippa la poignée de mon sac, j'eus le sentiment de me réveiller. Ma main gauche attrapa son avant-bras. J'avais toujours détesté me faire servir.

« *On ne vous a jamais dit que...* »

Les mots m'étaient venus en français. Elle avait l'air de comprendre cette langue. Étonnée, elle attendait que je continue.

« *Que Lady Godiva, c'était peut-être bien vous ?* »

---

1. « Les parapluies, c'est pratique. Vous n'en avez pas, à Glasgow ? »
2. « Oh... Bien sûr que nous en avons, monsieur Humphries ! »
3. « Alors sois gentille et la prochaine fois, essaie-en un, fillette. »

Le compliment était sorti tout seul. Je n'en revenais pas. En d'autres occasions, il m'était arrivé de commettre ce genre d'impair, aussitôt regretté. Car je n'avais rien, mais alors vraiment rien d'un séducteur. Avec les femmes, il me fallait toujours le temps : le temps de les voir d'abord ; d'apprivoiser mes propres sentiments ensuite ; de me décider à agir enfin. D'habitude, j'arrivais donc comme les carabiniers d'Offenbach. Ainsi avais-je lambiné six mois avant d'oser aborder Leni, au cabinet de mon ancien patron. Je n'étais toujours pas sûr d'avoir bien agi.

De plus, j'avais menti. A priori, avec ses cheveux coupés juste sous l'oreille et ses mollets dont le moiré des bas et les talons hauts des salomés sauvaient le galbe de justesse, on n'imaginait pas Dottie parcourir les rues de Coventry dans le plus simple appareil. Pas moi, en tout cas. Non, Dottie nue sur un cheval, c'eût été une impropriété. Si j'avais été plus lucide, j'aurais reconnu les premières pointes d'une jalousie paradoxale. Car je ne savais encore rien d'elle sinon ce qu'il m'était donné de voir.

J'avais attendu toutes sortes de réponses, y compris le silence – voire, en dépit de toute considération commerciale, une gifle retentissante. Au lieu de cela, Dottie rougit encore plus fort si c'était possible, écarquilla les yeux malgré la pluie battante et, une main posée sur la poitrine, l'autre toujours sur mon sac, bredouilla :

« *M...Me ? But*[1] *.. ?* »

1. « M… Moi ? Mais… ? »

Le vin était tiré. Je ne demandais qu'à le boire.

« *It can't be, Sir*[1] *!* »

À travers le tissu de la manche, je sentais frémir sa peau.

« *Pourquoi donc ?* »

Mes yeux ne lâchaient pas les siens. Marron, avec un reflet vert.

« *Why ? Because... Because*[2]*...* »

Il me sembla que répondre la soulageait d'un poids. Car cela crevait les yeux : une évidence m'échappait.

« *... Because I'm Scottish*[3] *!* »

C.Q.F.D. J'en demeurai coi. Aussitôt, elle mit ma surprise à profit pour retirer le sac de mon porte-bagages et faire deux pas en arrière. Trempée comme une soupe, elle attendait pourtant que je la suive. En temps normal, tant de prévenance aurait pu m'agacer. Mais une idée m'était venue. Laissant la moto sur sa béquille, je sautai à terre. Cette fois, je fus le plus rapide.

« *Si vous prenez la valise, alors prenez aussi la veste !* »

Avant qu'elle ait pu s'échapper, j'avais posé sur ses épaules mon blouson de cuir. Inattendu, le poids la fit vaciller. Alors, sur ses lèvres, pour la première fois, je vis se dessiner un véritable sourire. Déjà, les doigts glacés de la pluie me chatouillaient le dos à travers la chemise.

---

1. « C'est impossible, Sir ! »
2. « Pourquoi ? Parce que... Parce que ... »
3. « Parce que je suis Écossaise ! »

« *I'm a wee bit lightheaded this evening, I'm afraid*[1]... », murmura-t-elle.

Et nous pénétrâmes ensemble dans la chaleur accueillante du King's Head Hotel. À chaque pas, nos chaussures trempées dégorgeaient sur l'épais tapis du hall.

Ce fut ainsi que je fis la connaissance de Dorothy Maceachran, dont jamais je ne parvins à prononcer correctement le patronyme, même au bout d'un séjour prolongé qui me vit renoncer sans regret à la seconde partie de mon voyage et presque rater, à dix minutes près, le bateau du retour.

Dottie qui, dans sa chambre atelier de Gosford Street, créait des modèles de papiers peints que n'eût pas reniés William Morris, retouchait aussi des cartes postales pour un éditeur ou des portraits d'artiste pour un photographe et, le reste du temps, arrondissait ses maigres fins de mois en jouant chaque jeudi et vendredi soir les réceptionnistes un peu gauches au King's Head Hotel.

Dottie qui, quand on le lui demandait, avouait aimer pêle-mêle les voûtes gothiques en éventail, « *Pegwell Bay* » de William Dyce, à peu près tous les bâtiments de Charles Rennie Mackintosh et, de manière plus générale, les architectes qui rêvaient leurs maisons avant de les dessiner.

1. « J'ai un peu la tête dans les nuages ce soir, j'en ai bien peur. »

Dottie qui se plaisait à Coventry et m'en fit visiter les moindres recoins, de Spon Street à Greyfriar's Lane, en passant par Bablake School et Ford's Hospital.

Dottie qui n'avait rien dit quand, au bout de deux jours, je lui avais avoué être Allemand, pas Alsacien.

Dottie qui me donnait envie de me lever chaque matin, rien que pour penser à elle en me rasant devant la glace. Il me suffisait de la savoir quelque part dans la ville pour me sentir accompagné, donner couleur à ma vieille solitude.

Dottie dont la beauté, pourtant, échappait aux distraits et aux impatients.

Dottie qui ne riait pas souvent mais souriait beaucoup.

Dottie que, peu à peu, j'aimai sans pouvoir m'en défendre, sans jamais oser le lui dire et presque sans la toucher.

Dottie qui ressuscitait en moi l'adolescent que j'avais cru mort.

Dottie dont, quinze jours plus tard, les yeux brillaient comme les miens quand, mon sac bouclé à la diable mal arrimé sur le porte-bagages – une cravate dépassait –, j'avais enfourché la Triumph, en retard déjà, certain qu'en quittant Coventry je commettais une bêtise énorme, irrattrapable. Exprès peut-être, maladroit comme elle l'avait été à mon arrivée, j'avais failli noyer le moteur. On se défend si mal contre le bonheur, surtout quand on n'ose pas le saisir.

Dottie plus rouge que le premier soir, aux gestes nerveux, embarrassés, dont les lèvres avaient fini par effleurer les miennes en laissant ma joue mal rasée.

HEAD HOTEL COMMERCIAL

Dottie dont je n'avais pris aucune photo.

Dottie qui ne m'avait rien demandé, à qui je n'avais rien promis.

Dottie qu'à ma grande honte j'avais essayé d'oublier tant que, croyais-je, il en était encore temps. Si Leni m'avait aimé pour ce que j'étais, sans doute aurais-je réussi – mais je n'étais pas l'architecte sérieux qu'elle avait espéré.

À présent, le cliché de la Luftwaffe en faisait foi : selon toute probabilité, Dorothy Maceachran avait péri sous les décombres du King's Head Hotel. Car ce soir-là, jeudi 14 novembre 1940, si ses horaires n'avaient pas changé, elle était de service à la réception.

Dottie qui, je voulais parfois le croire, était retournée à Glasgow avant ce jour maudit et avait échappé aux bombes. L'histoire regorge de tels miracles.

Dottie qui, dans ce cas, pouvait fort bien porter un uniforme, elle aussi. Sans doute lui allait-il mieux qu'à moi, car c'était une fille comme cela : indépendante, obstinée, souvent distraite mais toujours prête à faire ce qu'il fallait faire.

Dottie que j'avais de toute façon perdue, avant même qu'elle fût mienne.

C'était trop tard, maintenant.

Définitivement.

Sans appel.

Épuisé, j'avais déposé la vue aérienne sur la descente de lit. Je n'étais plus qu'une boule d'émotions à vif. En bas, Janowitz sifflait toujours la même rengaine douce-amère. De temps en temps, il fredonnait les paroles.

Da sagten wir auf Wiedersehen
Wie gerne wollt ich mit dir geh'n[1]...

Même les pires assassins chantaient Lili Marleen en revenant du bordel, le calot de travers, le ceinturon débouclé et la chemise hors du pantalon. Pourtant, au moment de fermer les yeux, je sentis une larme rouler sur ma joue.

Le goût de ses lèvres, même frôlées, jamais je ne l'oublierais. Un goût de gingembre, de sucre et de sel mêlés. Celui des biscuits écossais.

Qu'aurait pensé Madame Verstraeten si elle avait surpris ainsi un fringant officier de la Wehrmacht?

La race supérieure.

Et à travers mes larmes silencieuses, j'éclatai de rire.

Avant de m'endormir, je pris une résolution. Cet après-midi, au moment de quitter ma chambre pour rejoindre Steenstraete et le mémorial, je laisserais l'appareil photo sur la table. À la place, j'emporterais quelques crayons et mon carnet de croquis à couverture bleue. Les feuillets en étaient toujours vierges. Dottie l'avait glissé dans une fonte de la Triumph, presque dix ans auparavant – je ne l'avais découvert que sur le bateau, au large d'Heligoland.

1. « Alors nous nous sommes dit au revoir / Oh comme j'aurais aimé te suivre....»

Il était resté caché là jusqu'à mon autre départ, pour l'armée cette fois. Si elle l'avait trouvé, Leni l'aurait jeté sans même l'ouvrir. Elle n'était pas jalouse. Dans sa dernière lettre, ne parlait-elle pas de liquider la moto, qui encombrait le garage du propriétaire ? La page de garde portait, calligraphié en lettres rondes :

For Eberhard. Drawing means remembering[1].
Dorothy

1. « Pour Eberhard. Dessiner c'est se souvenir. »

La longue promenade de retour via Lizerne m'avait ouvert l'appétit et remis la tête à l'endroit. Pourtant, même si la table des Verstraeten éludait les rigueurs du rationnement – les pièces de bœuf nageant dans la sauce grasse en attestaient –, le dîner fut sinistre. En grand uniforme de je ne savais quelle chapelle nationaliste, le maître de céans s'obstinait à baragouiner un allemand de cuisine auquel j'affectais de ne rien comprendre. Durant tout le repas, histoire de me distraire tout en donnant des réponses évasives dans la langue de l'oppresseur vaincu, je tâchai de deviner quel oiseau stylisé remplaçait l'aigle sur la coiffe de la casquette déposée bien en évidence sur le guéridon, à côté de la photographie. Je penchais pour une mouette.

Enfin, Mme Verstraeten se leva et servit à côté la goutte et les cafés. Elle n'avait pas ouvert la bouche de toute la soirée. Les hommes prirent place dans les deux fauteuils de cuir fauve, tandis que madame tirait une chaise. Ensuite, d'un geste royal, M. Verstraeten me tendit sa boîte à cigares. Je préférai lui proposer une cigarette, sachant qu'il la refuserait.

Puisque, selon toute vraisemblance, mon supplice touchait à sa fin, une certaine décontraction finit par l'emporter. J'en avais assez de jouer à cache-cache. Tandis que l'hôtesse mélangeait le lait dans son café – la cuiller tintait contre la faïence –, je jugeai galant de la mêler à la conversation.

« *Que pensez-vous du monument, Madame ?* »

Sur ses gardes, elle me lança un regard en biais.

« *Celui de Steenstraete ?* »

J'acquiesçai. D'un coup d'œil appuyé, elle consulta son mari. Celui-ci opina : permission accordée.

« *Si les Allemands veulent le démolir, dit-elle, ils ont sûrement leurs raisons.* »

À mon tour, je portai la tasse à mes lèvres. Même avec des relations, on ne pouvait tout obtenir : le breuvage avait un goût de chicorée.

« *Pardonnez-moi d'insister, mais ce n'est pas ce que je vous demande.* »

Mme Verstraeten pinça les lèvres, se racla la gorge. Nouvelle consultation muette. Cette fois, le maître de maison fronça les sourcils. Dans le silence qui emplissait la pièce, le tic-tac de l'horloge battait comme un cœur sec.

« *Le passé est le passé, Herr Metzger, dit-elle enfin. Et celui-là peut disparaître. Personne ici ne le regrettera.* »

Renversé dans son fauteuil, M. Verstraeten soufflait au plafond des ronds de fumée. Seul le reflet mouvant du lustre sur ses bottes mieux cirées que les miennes trahissait sa nervosité.

« *Tous vos compatriotes ne semblent pas du même avis* », insistai-je.

Mme Verstraeten plissa le front, joignit les mains dans son giron.

« *Vous parlez du sabotage ?* »

Je fis oui de la tête. Elle eut l'air de réfléchir. Son regard s'était assombri.

« *Il existe* aussi *de mauvais Flamands, Herr Metzger.* »

Les ressorts de l'autre fauteuil piaulèrent. Depuis quelques instants, M. Verstraeten trépignait.

« *Ça ne durera pas !* beugla-t-il soudain. *Laissez-nous le temps et...* »

Mais la phrase demeura inachevée. En lui, l'indignation sincère charbonnait déjà comme à sa bouche le cigare mal allumé. Il avait parlé français. L'effet du genièvre, supputai-je. Et de l'épais bourgogne servi durant le dîner. Le gaillard avait un peu forcé sur le vin. Je ne l'avais pas suivi.

Déposant ma tasse sans toucher au verre d'alcool, je m'étais levé.

« *Permettez-moi de vous remercier pour ce repas. Je vous souhaite le bonsoir.* »

Après deux tentatives infructueuses, Verstraeten parvint à s'extraire du fauteuil. L'équilibre rétabli, bombant son torse barré d'un baudrier, il leva le bras et, à pleine voix, rugit un *Heil Hitler !* très convaincant. Sans doute devais-je y voir une courtoisie à mon endroit.

Plutôt que de lui prodiguer le salut militaire qui m'était devenu presque naturel – sans couvre-chef, c'était impossible –, je lui rendis la pareille dans une version silencieuse, à la limite du furtif.

Avec ces gens-là, on n'était jamais trop prudent.

Mme Verstraeten me suivit des yeux jusqu'à la porte du salon. Qu'avait-elle voulu dire avec son «*aussi*»?

Seul dans son grenier, après des agapes de conserves réquisitionnées, Janowitz écoutait un programme anglais sur une radio de même provenance que son dîner. À travers le brouillage et le plancher, des accords de jazz descendaient paresseusement dans l'air du soir. En sens inverse montaient les mesures martiales d'un chant flamand mouliné par le phono des propriétaires.

La lumière rasante de l'ampoule accentuait le grain épais du papier. Au mur, sans égard pour le plâtrage, j'avais punaisé les trois têtes de poilus agonisants, terminées sur place en fin d'après-midi. Le plaisir retrouvé du dessin d'après nature me réjouissait encore les doigts. Avant le dîner, j'avais dû me laver les mains à grande eau pour en ôter la mine de plomb. Le résultat, s'il me plaisait, ne levait en aucun cas le dilemme auquel j'étais confronté.

Des trois, le visage du mourant de droite m'avait donné le plus de mal. Le renversement de la tête déplaçait en effet les repères habituels et modifiait les jeux d'ombre verticaux. Or je m'étais refusé à tricher en retournant la feuille une fois portés les traits principaux. J'avais bien fait, car le rétablissement de la perspective eût révélé un faciès au rendu à la fois raide et naïf, sorte de mauvais David d'Angers, d'un didactisme appuyant ses effets.

Le gazé de gauche, lui, affichait une trogne grimaçante de gargouille aux yeux globuleux. Le réalisme recherché aboutissait au grotesque le plus cru. Quant au coup de ciseau, approximatif et sans nuance, il évoquait la brute mourant d'une mort de brute bien davantage que l'homme saisi d'effroi devant sa fin prochaine, palpable, inéluctable et incompréhensible. D'après la documentation fournie par le major, la ville de Rouen avait acquis, du même Réal del Sarte, un pompeux mémorial dédié aux forains morts pour la France. Judicieux rapprochement. Car ici, précisément, c'était de sculpture foraine qu'il eût fallu parler.

La figure centrale, en revanche, revendiquait une filiation plus noble. Christique d'abord, car le soldat fauché envoyait au ciel son dernier souffle dans un *Eli, Eli, lama sabaqthani* dont le royaliste Réal n'avait pu gommer complètement la connotation républicaine. Celle de Jeanne d'Arc ensuite, dont le maître avait illustré la geste à travers les villes de France et jusqu'à l'étranger, avec une prédilection toute doloriste pour ses derniers instants enflammés aux mains des tortionnaires anglais. Vu ses orientations politiques du moment, nul doute que Réal, s'il poursuivait sa croisade, soulignerait cet aspect particulier des relations franco-britanniques. Mais, en 1929, il s'était contenté de remplacer les flammes par le gaz, et la bonne Jeanne par un conscrit des dernières levées. Au moins, cette fois, ne s'était-il pas amusé à donner à l'une de ses figures héroïques la triste bobine de Charles Maurras.

Au total, rien de probant.

Or, si laid qu'il pût être, il me fallait sauver ce mémorial. Prévenir un nouveau mensonge, même par omission.

L'un après l'autre, je détachai mes croquis du mur. Puis, après avoir allumé une cigarette et transformé en cendrier le couvercle de ma boîte d'aquarelle, je m'installai à table et introduisis une première feuille dans le rouleau de la machine à écrire.

Au grenier, le programme de jazz s'était interrompu. Entre deux couinements, j'entendis les mesures inaugurales de *Nimrod*. Janowitz ne devait pas aimer Elgar, car, aussitôt, des pas résonnèrent au plafond et la radio se tut. En bas, chez les Verstraeten, le même disque repassait la même scie patriotique.

Vliegt de blauwvoet? Storm op zee!!!

Sur le rouleau un peu dur, malgré le carbone et le papier pelure, mes premières frappes claquèrent comme des tirs à blanc.

Le pot de chambre débordait. Neuf feuillets chiffonnés en boule et les doubles correspondants avaient déjà rejoint mon premier essai. Ça n'allait pas. Plus je cherchais à sauver les meubles en atténuant, omettant, édulcorant, plus le mensonge de ma propre prose me sautait aux yeux et m'incommodait. Le bon angle d'attaque persistait à se dérober.

Hartmann m'avait demandé un avis de spécialiste. Or celui-ci refusait obstinément de se soumettre au diktat du but que je lui fixais. L'éthique n'était pas son affaire, seule l'esthétique l'intéressait. Pour le coup, je ne pouvais m'empêcher de trouver son verdict injuste, car résultant d'une vue étriquée autant qu'intransigeante. Je tentais alors, en alignant les contrevérités, de nuancer ses propos. Le texte se ressentait du combat que nous menions. Je relus la dernière phrase.

Le traitement d'ensemble de la statuaire, quoique schématique, voire simpliste, rappelle par certains côtés les meilleures œuvres d'un néo-classicisme vigoureux, soucieux de transmettre, au-delà des clichés, une vision volontariste et puissante de l'homme combattant. C'est d'ailleurs cette vision qu'un Arno Breker...

Impossible de poursuivre dans cette veine. Fâché contre moi-même, j'arrachai la page de la machine et la déchirai en menus morceaux. Je transpirais. Une lune blafarde montait derrière la fenêtre non occultée. Je me levai, ouvris la croisée et respirai l'air du soir, chargé de senteurs riches, végétales.

Tant qu'à mentir, songeai-je, autant viser l'efficacité et y aller à fond. Après tout, le monde au sein duquel je survivais ne tolérait plus les demi-mesures. Mon existence, à bien y réfléchir, en constituait une. Jamais je n'avais eu le courage de mes véritables choix. Je n'avais guère eu que celui de mes fuites et, piètre consolation, de quelques refus.

Ma montre marquait dix heures. Toute détestable qu'elle fût, je commençais à entrevoir la solution. En fait, j'avais su depuis le début comment cela finirait. Inutile de me voiler la face, il faudrait en passer par là. Pourtant, avant de m'y résoudre, je préférai m'accorder un sursis et extraire de mon porte-documents le projet de lettre qui s'y ennuyait depuis presque un an.

Le mauvais papier commençait à jaunir. J'avais toujours retardé le moment de mettre ce courrier au net. À chaque relecture, de nouvelles annotations venaient combler les interlignes et surcharger le texte. Outre une série de mesures visant à protéger le château dans l'éventualité d'un bombardement, j'y suggérais deux ou trois expédients susceptibles de corriger les piteuses restaurations de 1909. Il me suffisait de jeter un coup d'œil à la photographie de la cour d'honneur pour amorcer la pompe à idées. La vue aérienne de Coventry complétait mon inspiration. Je décapuchonnai mon stylo, griffonnai dans la marge.

Pour la sauvegarde de la coupole couronnant l'escalier, sachant que les stucs ne pourraient être démontés sans dommage, il me paraît urgent de développer, selon un procédé dont j'exposerai plus tard en détail les spécifications techniques, une coupole intérieure provisoire, soutenue par échafaudage. Doublant la voûte et les fresques de Zick protégées par un entoilage, elle contiendrait une couche de sacs ignifugés, remplis de sable fin. En outre, un système d'étançonnement avec répartition des axes de force permettrait à cette même voûte, sinon de supporter un impact direct, du moins d'en circonscrire les effets quel que soit le type de munitions utilisé. Quant à la préservation de l'escalier lui-même, un habillage par sacs et palissades devrait, dans un premier temps, s'avérer suffisant pour garantir l'intégrité de l'ensemble, étant entendu que la protection contre le feu doit impérativement faire l'objet d'un renforcement et d'exercices réguliers. Cela étant posé, le service d'incendie de Bruchsal devrait...

L'escalier grinça. Je remarquai alors qu'au rez-de-chaussée le gramophone s'était tu. Les Verstraeten se couchaient tôt. Je n'avais pas la moindre idée quant à la manière dont ils remplissaient leurs journées, encore moins leurs nuits. Par ironie, je tâchai de les imaginer en train de gravir les marches de pierre, vers l'étage supérieur de l'escalier princier. Parvenus au sommet

du majestueux tambour ovale, qu'auraient-ils perçu du spectacle offert à leurs regards ?

L'apothéose de la coupole, ses envols d'anges vers l'infini du ciel, l'espace insulaire du palier relié par des ponts à balustres aux salles d'apparat, les traînées d'or des lumières échappées aux verrières en fulgurances cristallines, sans doute n'y auraient-ils vu que volonté de puissance, exploit technique et supériorité de la race des bâtisseurs. Pourtant, avant d'exercer son art en Allemagne, de concevoir ce sommet de l'art baroque à partir d'un défaut initial de construction, le grand Balthasar était né en Bohême. Quant à l'universalisme de ses créations, il valait bien qu'on songeât à le sauver du désastre, même si mon premier courrier aux autorités municipales, rédigé à l'hôpital, n'avait suscité qu'une réponse laconique où le mot « défaitisme », pour n'apparaître nulle part, se lisait en filigrane d'une prose néanmoins indulgente eu égard à mes états de service.

En effet, le château ne risquait rien. Mes inquiétudes à son sujet étaient infondées. L'Allemagne n'entrait-elle pas enfin dans l'ère paisible que lui avaient value ses ambitions millénaristes ? L'ennemi était à terre. Si nous avions semé le vent, la tempête était notre œuvre, notre propriété exclusive – et le resterait.

Cette deuxième lettre, je l'enverrais peut-être un jour. Parfois, il m'arrivait aussi de douter qu'elle pût être utile. Puis de le craindre, voire de l'espérer.

Vertige, incertitude.

Il y avait là une sorte de cohérence, car toute l'œuvre de Balthasar Neumann ne se plaçait-elle pas sous la bannière de ces deux mots ? Ne croyez jamais tout à fait ce que vous voyez. Voyez plutôt ce que vous croyez. Credo baroque.

D'aucuns, récemment, l'avaient repris à leur propre compte. Pour se simplifier la tâche, ils avaient remis à l'honneur les formes simples – lignes droites, carrés et ronds. Mais leur illusionnisme cynique produisait bien autre chose que des châteaux de plaisance. Les briques y saignaient sous la truelle des bâtisseurs.

Dehors, un chien se mit à aboyer. D'autres lui répondirent. Le concert canin enfla, s'émietta, alla se perdre en de lointaines cours de ferme. Je me levai, repoussai la fenêtre. Je savais ce qu'il me restait à faire.

Prenant mon courage à deux mains, je glissai un feuillet vierge dans la machine et me mis à taper sans réfléchir. Car ma prose n'appelait aucune réflexion. Ce n'était pas la mienne, à proprement parler. Les mots, surtout, puisés à loisir dans un répertoire rabâché par la presse et la radio. Des mots dont j'aurais préféré qu'ils fussent creux plutôt que dévoyés. De toute façon, leur vide ouvrait sur des abîmes.

Si je voulais sauver ce maudit mémorial, le temps était venu de mettre au service de ce dessein toutes les armes dont je disposais. Absolument toutes. Les phrases s'enchaînaient maintenant avec une déconcertante facilité. J'allais vite, pour prendre le dégoût de vitesse.

... En conséquence, il nous semble malvenu de remettre en cause l'œuvre d'un artiste dont l'antisémitisme foncier n'est pas le fruit d'un opportunisme momentané. Grande figure de l'Action française, Réal del Sarte s'insurgea en son temps contre le dreyfusisme et participa même à un attentat contre le juif Blum. Son engagement exemplaire en faveur d'une France pure, libérée de l'influence étrangère et judéo-maçonnique, devait trouver son expression dans un art vigoureux, sans concession aux courants cosmopolites de l'époque. Certes, Réal refuse de transformer sa sculpture en vecteur d'une quelconque foi politique. Cependant, il la dote de tous les pouvoirs de suggestion possibles, dont il use avec finesse et discernement. Ainsi, au mémorial de Steenstraete, est-on frappé par l'aryanité indiscutable des attitudes et des visages (voir croquis annexés). De même, la mystique combattante, un peu dévoyée si l'on examine la...

Et je continuai ainsi jusqu'au bout de la nuit, combattant la nausée à coups de cigarettes et de touches martelées, me répétant sans cesse, souvent à haute voix, que pour une fois, à défaut d'être sincère, je serais efficace. Quand j'arrêtai enfin, il me sembla qu'un ourlet de ciel noir lâchait au bout des champs et des pâtures, derrière les haies de saules qui jalonnaient l'horizon.

Je m'abstins de relire. Au contraire, j'étais pressé de clore le pli destiné au major Hartmann et de commencer à oublier au plus tôt, si j'en étais capable, le texte que j'avais commis. Par la fenêtre entrouverte, un parfum de bois brûlé s'insinuait à l'intérieur de la chambre. Sans doute les branches mortes du dernier automne, jetées au brasier pour aviver un feu de fanes.

Sur la table, les pages attendaient que je les enferme dans une enveloppe. Le rouleau de la machine n'avait pas eu le temps de les déformer. Elles étaient plates comme les idées qui les souillaient. Parfaitement répugnantes.

Au plafond, un moustique fasciné achevait de mourir en grésillant contre le verre brûlant de l'ampoule. Sur le moment, je pensai à Jeanne d'Arc.

Pauvre Pucelle d'Orléans.

Le pli était parti la veille pour Bruxelles par estafette motocycliste. Mon passage ce matin-là au mémorial se plaçait donc sous le double patronage de l'attente et de la curiosité. J'avais fait ce que j'avais pu et même davantage.

Un capitaine du génie était venu d'Ypres pour superviser les derniers préparatifs. Je découvris un homme charmant, efficace, ingénieur dans le civil. Comme le major Hartmann, il venait de Dresde, où il avait travaillé sur la rive droite de l'Elbe dans une usine de machines à coudre. Après avoir échangé les habituelles plaisanteries entre réservistes de la même arme, nous fîmes le tour du dispositif. Les charges avaient été savamment réparties aux quatre angles du pylône. Le câblage ne présentait aucun défaut. Il avait même été doublé. Disponible et respectueux, Brüning nous suivait deux pas en arrière.

« Eh bien, fit le capitaine, sauf imprévu, le monument sautera après-demain. Enfin, à supposer que vous ne vous soyez pas montré trop convaincant... »

Je haussai les épaules.

« Nous verrons bien, Herr Hauptmann. »

Le capitaine ôta sa casquette, s'éventa. Le soleil de mai réchauffait la grand-route et il avait gardé son manteau d'hiver.

« Entre nous, fit-il remarquer, je ne comprends pas très bien l'utilité de tout cela.

- Vous n'êtes pas le seul.

- C'est un peu ridicule, vous ne trouvez pas ? Comme si les Français, après 18, s'étaient amusés à démolir nos mémoriaux de 70. Et je ne parle même pas des guerres napoléoniennes.

- Ils l'ont peut-être fait. Pour certains, en tout cas.

- Je m'en souviendrais. Connaissez-vous la *Befreiungshalle*[1] ?

- À Kelheim ? Oui.

- Ce gigantesque *baumkuchen*[2] de brique et de pierre ! Voilà le vrai défi pour un artificier. Mais les Français n'ont pas notre mentalité.

- Qu'entendez-vous par là ?

- Ils ne vont pas au bout des choses... Cela étant dit, je ne vois pas non plus la raison d'une telle agitation. Vous trouvez ça beau, vous ? »

Il avait recoiffé sa casquette et frottait son menton d'un air dubitatif.

« Pas vraiment, pour être honnête. Mais dans ce cas précis, l'esthétique me semble un enjeu mineur. »

1. Halle de la Libération (1848-1863, architecte Leo von Klenze).

2. Gâteau cylindrique traditionnel.

Il hocha la tête, fit une moue.

« Si vous le dites. C'est vous l'architecte. En tout cas, je serais vraiment curieux de lire votre essai. »

Derrière mon dos, je croisai les doigts. Pour ma tranquillité d'esprit, je comptais bien que cet abominable pensum s'égarerait à jamais dans les archives du Kommandostab. Vœu optimiste à défaut d'être pieux. Car, sous ce rapport-là du moins, l'Allemagne n'avait pas changé. Autant espérer que Göring rentrerait un jour dans les costumes de Goebbels.

Tandis que je me préparais à rejoindre la voiture, les accents cuivrés d'une fanfare tremblèrent à travers les pâtures voisines. Le capitaine s'était éclipsé. Avec Brüning, je cherchai des yeux l'origine du tintamarre qui perturbait ainsi le silence des guérets. Bientôt apparut, au tournant de la grand-route, un groupe d'hommes en uniforme sombre. Au-dessus des têtes claquaient des drapeaux jaunes ornés de lions noirs. Une majorité de marcheurs, plus très jeunes pourtant, arboraient des shorts de velours noir sur leurs jambes glabres. Avec une belle énergie, cela tapait sur des tambours, soufflait dans des trompettes et chantait à l'unisson, la poitrine en avant et le pas cadencé.

À l'examen, je constatai que ces adeptes de la gymnastique en plein air appartenaient à une autre variété que celle des Verstraeten. Les chemises n'avaient pas la même couleur. Mais à plumage différent, ramage identique : le chœur reprenait une chanson de marche déjà entendue sur le gramophone de mes logeurs, l'avant-veille au soir.

Vliegt de blauwvoet ? Storm op zee !!!

Le sens profond de cette strophe persistait à m'échapper. Brüning remonta son ceinturon, haussa les épaules.

« Pff... *Ça*, ils ne sauront jamais le faire... »

Le groupe défila à hauteur du monument comme s'il n'existait pas. Les pionniers avaient arrêté le travail et, appuyés qui sur une pelle, qui sur une pioche, suivaient des yeux le cortège. Aucune curiosité dans les regards. Routine.

« Où vont-ils comme cela ? » fis-je.

Brüning décrocha sa gourde, dévissa le bouchon.

« Un autre mémorial, Herr Oberleutnant. Tout près, sur l'autre rive de l'Yperlee. Je suis allé voir. Encore plus moche que celui-ci. Deux Belges sont morts là-bas, pendant la Première Guerre... Deux frères. On les aurait retrouvés dans les bras l'un de l'autre. Chez eux, ça suffit pour avoir son monument, on dirait.

- Je vois le genre... Martyrs de la cause flamande, je suppose ?

- Sans doute, Herr Oberleutnant, fit-il en buvant un coup. Vous savez, ces gens sont bizarres. À ce propos, dans le patelin, on raconte une drôle d'histoire... »

Intrigué, je l'invitai à poursuivre. Brüning souriait.

« Certains prétendent qu'un autre soldat serait mort avec eux, la même nuit. Dans le noir, avant la contre-attaque, leurs camarades les auraient enterrés tous les trois dans le même trou, à la sauvette. Fallait faire vite...

- Et alors ? »

Brüning découvrit une rangée de dents blanches, pouffa.

« Le troisième était Wallon, Herr Oberleutnant. Après la guerre, ils n'ont pas réussi à trier les os selon la langue du propriétaire. Alors, dans le doute, ils ont embarqué la collection complète pour l'enfouir sous leur espèce de Walhalla flamand, près de Dixmude. Je me demande ce qu'il doit penser de ça, le Wallon. Moi, je n'aimerais pas qu'on m'enterre à Potsdam avec deux Prussiens. »

Ce mémorial-là, évidemment, ne sauterait pas. Ou alors pas tout de suite.

J'avais une course à faire à Ypres. D'un coup de klaxon, Janowitz me le rappela.

« Encore une chose, Brüning...

- Oui, Herr Oberleutnant ?

- Vous êtes dans le secteur depuis longtemps ? »

Le gros homme eut l'air de réfléchir.

« Quelques mois, Herr Oberleutnant.

- Vous comprenez la langue ?

- Un peu, Herr Oberleutnant. Pour nous, ce n'est pas difficile.

- Vous savez ce que c'est, un *blauwvoet* ? »

Brüning se gratta la nuque, prit un air entendu.

« *Blauer Fuss*. Drôle de nom pour un oiseau, hein ? J'ai demandé. Je croyais que c'était un faucon. Mais non. Un genre de mouette, paraît-il. »

Heureusement, on en voyait davantage au ciel que sur les coiffes de casquettes. Mais ça ne durerait peut-être pas, Herr Verstraeten l'avait promis.

D'un pas aussi souple qu'il pouvait l'être, je rejoignis la voiture. Quand Janowitz démarra, le cortège s'éloignait vers le pont de Steenstraete. Une saute de vent emporta vers le nord le chant des pèlerins. Bientôt, les étourneaux couvrirent le tumulte de leur innocent bavardage. Et l'on n'entendit plus que le battement des tambours et, de temps en temps, le couac strident d'une trompette.

Le lendemain, mercredi 7 mai, à huit heures du matin, Mme Verstraeten frappa à ma porte. Je venais de prendre mon petit-déjeuner. Aussitôt, un motocycliste apparut dans l'embrasure, les lunettes remontées sur son casque d'acier. Il me tendit un pli, que je décachetai avec fébrilité.

Le câble du major Hartmann contenait peu de mots.

LU RAPPORT STEENSTRAETE - INUTILISABLE - CLASSÉ - UN CONSEIL: DOCUMENTEZ-VOUS SUR LES TECKELS. - HARTMANN.

Maîtrisant mon émotion, dans laquelle entrait autant de désillusion que de soulagement, je demandai au motard s'il pouvait prendre un message. Sur sa réponse positive, je glissai une feuille de papier dans la machine à écrire et, d'une traite, tapai une dizaine de lignes que je ne pris pas la peine de relire. J'y posai ma signature, l'insérai dans une enveloppe et remis le tout à l'estafette de la Kommandantur. L'homme salua et, sans un regard pour l'hôtesse qui n'avait pas quitté le palier, descendit quatre à quatre les marches de l'escalier. Presque aussitôt, j'entendis la pétarade un peu grasse de la BMW. Décidément, je préférais le ronron feutré des Triumph.

Quand je voulus refermer la porte de la chambre, je constatai que Mme Verstraeten était toujours là. Elle demeurait muette, mais son attitude parlait pour elle.

Alors, pour la première fois en sa présence, à peu près certain qu'elle ne saisirait pas le sens de mes paroles, je m'exprimai en allemand.

« Il n'est plus temps de construire, n'est-ce pas ? »

À mon tour, je la défiais. Elle se tenait derrière le seuil, très droite, les mains nouées sur son tablier.

« L'heure des tables rases est venue… »

Je fis deux pas vers la fenêtre, me retournai. Mme Verstraeten continuait de me fixer avec les yeux vides d'une statue. Son visage demeurait parfaitement impassible. Un vrai masque de pierre. Pourtant, elle me haïssait.

« Regardez-moi… »

Une folle envie de la gifler irradiait ma main. Mais, au même moment, je me disais qu'un tel geste ne servirait à rien. Un découragement sans bornes m'envahissait. Je luttais contre son emprise. La colère m'y aidait.

« Je suis l'architecte du désastre… », murmurai-je.

Et d'un geste vif, presque violent, je la chassai.

Cette femme était née pour obéir.

«Vous ne voulez vraiment pas voir ça, Herr Leutnant?»

Janowitz avait déposé mon sac sur la banquette arrière. Il devait encore charger la machine à écrire et son paquetage personnel.

«Je n'ai pas emporté de casque, Janowitz. Nous risquerions de prendre une statue perdue. Votre carrosse aussi.»

Un peu déçu, le chauffeur n'insista pas. Il était heureux et prêt à tout pardonner. En même temps que la réponse du major Hartmann, la nouvelle de son prochain passage dans les blindés lui avait été officiellement communiquée.

«C'est pour bientôt», fit-il remarquer en consultant l'heure au clocher de l'église.

Tandis qu'il s'affairait à caler les bagages, je tâchai de me remémorer les termes exacts du dernier message que le major m'avait transmis. Après une lutte inégale, ses services avaient eu raison de la direction du génie, laquelle n'avait résisté que pour le principe. Bref, mon transfert au Kommandostab de Bruxelles était acquis. En outre, pour fêter l'événement et achever ma convalescence, une permission de vingt jours m'était accordée.

Mon ordre de marche pour Bruchsal m'attendait sur le sous-main de mon nouveau bureau. L'accompagnait, signée par von Falkenhausen lui-même, une recommandation auprès des autorités municipales en charge du château. Fort à propos, le major Hartmann s'était souvenu que dans sa ville natale Balthasar Neumann avait construit la gracieuse *Frauenkirche*, et je m'étais bien gardé de corriger son erreur. Le reportage photographique exhaustif que je me proposais de réaliser lui paraissait, sinon utile dans l'immédiat, du moins défendable dans une perspective à long terme. À l'évidence, s'il n'avait pas pour habitude de mentir à ses subordonnés, il ne se mouillait jamais qu'avec parcimonie. On apprenait cela, dans les coulisses du pouvoir.

Janowitz ne démarrait pas. Je savais ce qu'il attendait.

Un silence suspect pesait sur la campagne. Le monde retenait son souffle.

Soudain, une nuée d'étourneaux s'agita autour du clocher, s'égailla en piaillant dans le ciel lumineux.

Malgré ce signal, le grondement nous surprit.

Puis, avec quelques centièmes de retard, amortie par la distance, la déflagration simultanée des charges.

La terre frissonna, s'apaisa.

Bientôt, les étourneaux reformèrent leur groupe criailleur et, d'un battement d'ailes, retrouvèrent les pierres du clocher chauffées par le soleil. Quelques minuscules gravillons fouettèrent les jeunes feuilles, battirent les tuiles des toits.

Et ce fut tout.

Le mémorial de Steenstraete avait vécu.

Janowitz mit le contact. Avant qu'il démarre, je me tournai vers lui.

«Janowitz?

- Oui, Herr Leutnant?

- À Ypres, vous pourriez me trouver un photographe?

- Sans doute, Herr Leutnant. Pourquoi?»

Janowitz manœuvra, engagea la voiture sur la chaussée. Nous laissâmes derrière nous le cimetière et ses croix blanches.

«Vous m'achèterez de la pellicule!» criai-je par-dessus le vacarme du moteur.

Au carrefour de Lizerne, nous prîmes à droite, direction la grand-route.

«Beaucoup de pellicule...»

Le bras posé sur la portière, je m'installai confortablement, repoussai le bonnet sur mes sourcils. Droit devant, l'église de Boesinghe dressait sa flèche claire dans la brume. Six kilomètres à peine nous séparaient d'Ypres.

J'étais fatigué, je fermai les yeux.

Le vent de la course me caressait les joues comme une douce haleine.

Avant de m'assoupir, j'entrevis un visage tout près du mien, à le toucher. Celui d'une jeune Écossaise aux yeux marron.

J'étais heureux, moi aussi.

J'avais sur les lèvres un goût de biscuit au gingembre.

Sur l'autre siège, très loin, Janowitz fredonnait *Lili Marleen*.

mars 1945

Enfin, au bout d'interminables minutes ponctuées par les éclatements réguliers de la Flak, ils avaient franchi le cercle de feu. Épuisés, les projecteurs lâchaient leurs proies, qui filaient dans les halliers secrets de la nuit. Les derniers crachats de fer souillaient, noir sur noir, le sillage invisible de l'appareil. Pourtant, l'équipage retenait encore son souffle. Les déflagrations ne parvenaient plus que distantes, amorties, telle la rumeur d'une mer lointaine dans le pavillon creux d'un gigantesque coquillage. Peu à peu, le vacarme entêtant des moteurs reprenait possession de la carlingue et, dans les écouteurs des casques, les grésillements de l'interphone accompagnaient cette basse continue, monotone.

Le *flight sergeant* dégagea de son col un coin de foulard et s'épongea le front. Malgré le froid piquant de l'altitude, il transpirait.

Selon le plan de vol, ce serait bientôt à lui de jouer. Avant même d'en recevoir l'ordre, il quitta donc son siège derrière les mitrailleuses jumelées et, en souplesse, se laissa glisser jusqu'au poste de largage, dans le nez vitré du Lancaster.

Puis, sans perdre un instant ni réfléchir vraiment à ce qu'il faisait, dans la pénombre de l'habitacle, il se mit à régler le dispositif de visée.

La vraie délivrance, il le savait, ne viendrait que plus tard. Car la route du retour serait longue, plus longue encore que l'aller. Silencieux et tendus, presque aveugles dans l'obscurité ambiante, tous guetteraient, seconde après seconde, la rafale du chasseur surgi de nulle part, l'impact mat des obus sur la tôle déchiquetée, le premier hoquet du premier moteur qui lâcherait. Et tous, sans exception, supputeraient le risque de voir – ou plutôt de ne jamais voir – figurer leur nom dans la mauvaise colonne du tableau, celle du tiers prévu des équipages qui ne rentreraient pas en Angleterre.

Pourtant, à l'approche du but, ils tâchaient de conjurer leur peur. Trois fois déjà, le *captain* Stoddard n'avait-il pas ramené leur zinc quand tout le monde à la base les croyait perdus? D'Essen, ils étaient rentrés sur deux moteurs, avec un empennage en charpie et des réservoirs troués. Au-dessus de Cologne, les deux ailes avaient encaissé, la trappe s'était bloquée mais, contre toute attente, le captain les avait sortis d'affaire. Aux yeux de beaucoup, Stoddard passait pour le meilleur pilote de Lancaster encore vivant.

Le captain ne se contentait pas d'être un as: il portait chance. Et de plus, même si son patronyme n'en disait rien, il était Écossais.

Comme lui.

Dehors, la nuit couvrait une terre plus noire qu'elle. L'obscurité ne la protégerait pas. Lancé sur d'invisibles rails, le squadron presque complet filait vers sa cible comme un destin mécanique, inexorable.

Le *flight sergeant* soupira. À part lui, personne dans l'avion n'avait pu mémoriser le nom de la ville qu'annonçait, au revers des nuages, le reflet tremblotant des premiers incendies. Pour eux, elle se résumait à un point sur la carte, un relevé topographique, une combinaison de chiffres – latitude et longitude. Mais pour lui, c'était différent. Ce nom, il le connaissait *d'avant*. Le nom seulement. Extrait de souvenirs qui n'étaient pas les siens.

Tandis que, la poitrine écrasée contre le coussin de moleskine, il achevait de régler ses instruments, le *flight sergeant* assembla les huit lettres, les articula à voix basse, pour lui-même. Au briefing, malgré le terrible accent du colonel, il les avait reconnues. Relues, plutôt.

Cette ville, elle l'avait mentionnée au détour d'une phrase, dans cette vieille lettre qu'il gardait toujours sur lui, y compris cette nuit. La lettre, et la photo.

La même photo qui, sous le verre du pêle-mêle, devait encore trôner avec quelques autres – dont la sienne, en uniforme – sur le manteau de la cheminée, dans le petit salon. Chaque fois qu'elle la regardait, sa mère ne pouvait s'empêcher de répéter :

« Regarde leurs yeux. La même couleur que les tiens... »

Elle avait raison. Mais il répondait toujours, légèrement agacé :

« Il n'y a que du blanc et du noir sur cette photo, maman. »

Alors sa mère haussait les épaules.

« N'empêche... Tu leur ressembles beaucoup. »

Et elle ajoutait :

« C'est bien normal, mais tout de même... À ce point-là. »

Après beaucoup d'hésitations, l'oncle James avait fini par presser le déclencheur du Kodak familial. Comme d'habitude, elle avait été distraite. Très vite, son regard avait oublié l'objectif pour s'attarder sur la fenêtre, hors champ. Dans le miroir double de ses yeux, peut-être distinguait-on à jamais les reflets ardoise de la Clyde, par-delà les quais austères et la tranchée d'Oswald Street.

À quoi rêvait-elle encore ?

Il eut envie de vérifier ce qu'il savait déjà, de tirer la photo de son portefeuille, de la scruter une fois encore à la lueur avare des veilleuses.

« *Approaching target*[1]... » lâcha la voix égale du captain.

En effet, droit devant, les traceurs dansaient dans l'air au bout de leurs parachutes, mimant un bal de lucioles au-dessus de braises vives.

À propos de cette ville, elle avait surtout évoqué, il s'en souvenait très bien, un château qu'elle aurait aimé visiter un jour,

1. « Objectif en vue. »

quand ce serait possible. Il abritait, affirmait-elle, un escalier étrange, remarquable et beau. Quelque chose d'autre aussi, sûrement. Ou quelqu'un. Mais qui ou quoi, le *flight sergeant* n'en savait rien.

Sa voix. Il l'entendait encore.

Une main gantée lui tapota l'épaule. En se retournant, il vit la face pâle de Davis, le mitrailleur de tourelle, penché vers lui.

« Rate pas ton coup, Angus ! ... » brailla le petit bonhomme.

Devant ce Cockney de vingt-deux ans, il se sentit soudain très vieux, très las.

Ils avaient pourtant le même âge.

« Ces salauds ont aplati ma rue, à Whitechapel ! » reprit le mitrailleur.

Réponse facile. La gorge du *flight sergeant* se serra.

Il aurait pu lui répondre que...

Que...

Mais non, il ne pouvait pas. Il n'avait jamais pu. Certains souvenirs vous laissent irrémédiablement seul. Certaines absences.

Il hocha la tête. Davis avait déjà regagné sa tourelle. Aussi le *flight sergeant* se rencogna-t-il derrière le viseur, son regard fouillant la nuit à travers la vitre.

Le Lancaster volait en palier, plus rien ne l'arrêterait maintenant. Un courant d'air glacé lui mordit la nuque, annonçant l'ouverture de la trappe. Il redressa le col fourré de son blouson.

Par acquit de conscience, le *flight sergeant* jeta un dernier coup d'œil au calculateur : résultats précis sur données approximatives – jamais cette machine n'abuserait personne, surtout pas ceux qui lâchaient les bombes. L'avion entama sa descente. Sous le Lancaster filait un paysage tourmenté, agité d'un chassé-croisé d'obscurité mouvante et de lueur sauvage.

Dans ce magma, la ville demeurait illisible.

Elle était là, pourtant.

Il en répéta le nom, lentement.

Là-dessous, il y avait donc un château.

Il y avait surtout une gare, des usines...

Des gens, aussi.

Des gens inconnus, sans visage.

L'espace d'un instant, il faillit s'emporter contre lui-même. Placer les bombes entre les traceurs : on ne lui demandait rien d'autre... Il n'y avait d'ailleurs rien d'autre à faire. Il ôta son gant droit.

Avant de poser la main sur le métal glacé du panneau de largage, une fois encore, il caressa le cuir de son portefeuille.

Il aurait voulu demander pardon, mais il ignorait à qui. D'ailleurs il ne se sentait pas coupable. Pas du tout, même.

Alors il revit un visage.

Et il sut tout ce qu'il devait savoir.

Maintenant.

Au moment de basculer le premier interrupteur, son regard se troubla. Ensuite, le temps d'un battement de cils, le *flight*

sergeant serra les paupières, les rouvrit et attendit la montée des premières turbulences. L'avion tanguait. Le captain effectuait les corrections nécessaires.

Déjà, la trappe se refermait. C'était fini.

Mission accomplie. Tout cela n'avait duré qu'une poignée de minutes. Le château, il ne l'avait pas vu.

Tandis que, dans les remous de la première vague, le Lancaster négociait son lent virage vers l'ouest, le jeune homme sortit de son blouson le portefeuille qui craquait aux coutures. Devant lui, entre les épaules sombres de la vallée, la petite ville brûlait. Une aube sauvage incendiait l'horizon. Il n'y lisait que sa fin prochaine, et celle du monde qu'il avait aimé.

Du pouce, il fit glisser la photo hors de sa pochette, l'amena à la lumière. Les deux jeunes femmes souriaient. Comme elles se ressemblaient...

Il regarda celle de gauche, dont les yeux s'égaraient loin de lui, loin d'eux tous.

Toujours ailleurs.

Et l'espace d'une seconde, le *flight sergeant* fut à nouveau le petit garçon qui arpentait Renfrew Street, serrant la main douce de sa grande sœur.

Alors, à voix basse, il murmura son prénom.

Et là, pour de bon, son regard s'embua.

Angus Maceachran baissa ses lunettes pour que personne n'en vît rien. Pas même lui, dans le reflet de la bulle transparente.

Il ignorait s'il reverrait Glasgow, un jour.
Il ignorait aussi, cette nuit, s'il le souhaitait.

septembre 2005

LE CARNET

de Xavier Hanotte
et Claude Renard

Claude Renard
vu par Xavier Hanotte

Extraits du *Petit Hanotte*©, dictionnaire de la langue française.

AMPLEUR n.f. **1.** Largeur étendue au-delà du nécessaire, ou volume considérable. « *L'ampleur lente de ses mouvements* » (P. Loti). **2.** Caractère de ce qui est abondant, a une grande extension ou importance. « *Chez Renard, l'ampleur de l'inspiration se sent à l'étroit dans les cases, son dessin réclame espace et liberté* » (X. Hanotte).

CHALEUREUX adj. **1.** Qui montre, manifeste de la chaleur, de l'animation, de la vie. **2.** LITTÉR. Qui réchauffe. **3.** Qui bénéficie d'une qualité propre à Claude Renard. V. **généreux**. « *Homme chaleureux entre tous, Claude accueillait volontiers dans sa thébaïde les romanciers en quête de partage* » (Onésime Lource).

ENTHOUSIASTE n. **1.** Passionné. « *Le docteur, comme tous les enthousiastes, avait travaillé de son mieux à faire de son pupille un parfait prosélyte* » (Baud.). **2.** Claude Renard. « *Enthousiaste, il se proposait de réaliser cinquante illustrations au lieu des vingt prévues* » (X. Hanotte).

SENSIBILITÉ n. f. **1.** Propriété d'être informé des modifications du milieu et d'y réagir par des sensations. **2.** Propriété de l'être humain sensible (1°, 2°), traditionnellement distinguée de l'intelligence et de la volonté. « *La sensibilité de Claude Renard lui permit d'entrer de plain-pied, sans effort, dans un univers qui parlait à son imagination riche et foisonnante* » (B. Dussert).

**Xavier Hanotte
vu par Claude Renard**

Écrire quelques lignes sur un écrivain quand on n'en est pas un, voilà bien une tâche peu simple. L'exercice s'avère vite ardu, voire périlleux. Heureusement, l'homme vers qui je tente cette approche littéraire possède assez de générosité pour comprendre mon désarroi.

Xavier Hanotte et moi ne nous connaissons que depuis peu, le temps de quelques discussions sur nos chemins respectifs, le temps, pour servir le projet, de l'un ou l'autre repérage en Flandre, le temps de nous mettre au diapason l'un de l'autre, le temps de quelques repas arrosés de vins appropriés.

Xavier possède, comme tous les écrivains que j'aime, un sens créatif double, c'est-à-dire qu'il parvient à associer une rigueur parfois mathématique de la construction à une belle et douce folie de la narration, soutenue par des mots choisis, des verbes musicaux. Bref, il se révèle pour moi un grand baroque.

Ce livre réalisé en commun ne demeurera sans doute pas une expérience unique. Mais au-delà du plaisir espéré d'une future aventure, il me reste déjà le sillage d'une amitié nouvelle.

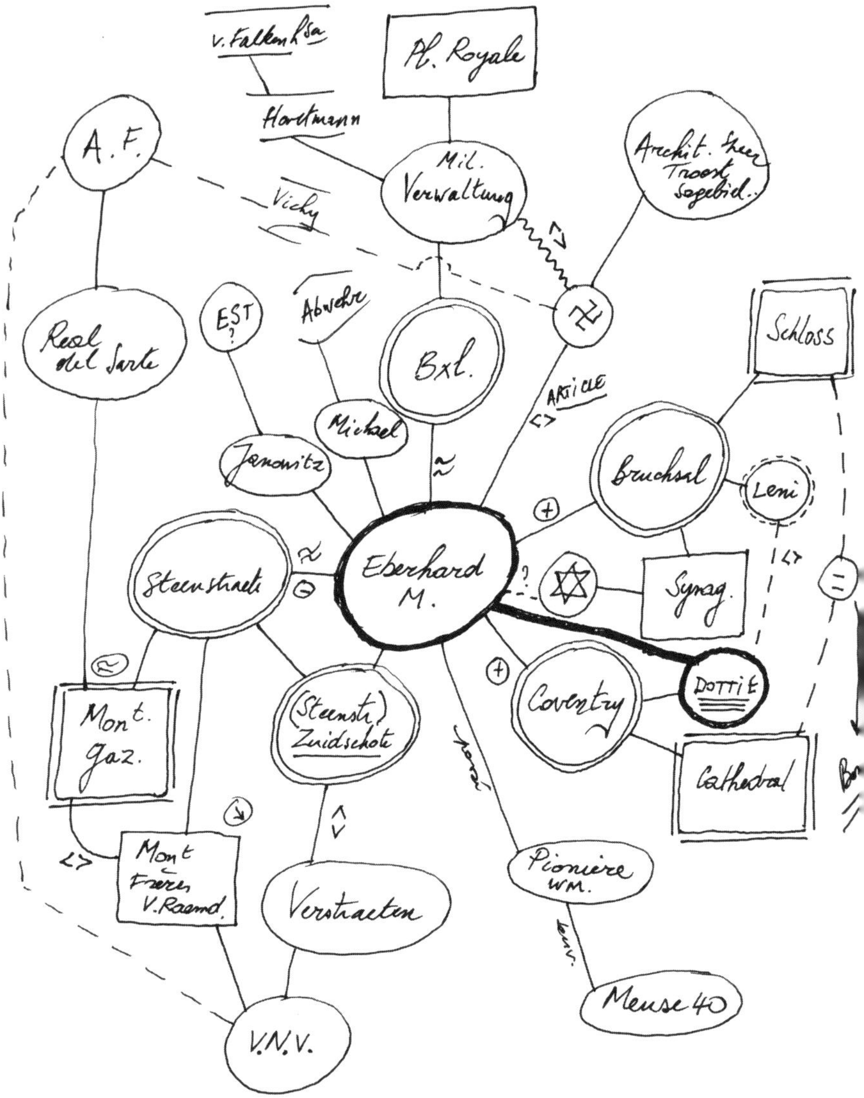

Une sorte de «structure récapitulative» des thèmes, lieux et personnages, pour vérifier que «tout y était».

A. D. P.

Pourtant, à l'approche du but, ils tâchaient d'équilibrer le bilan. Trois fois déjà, le *captain* Stoddard avait ramené leur bahut quand tout les monde les croyait perdus. D'Essen, ils étaient rentrés sur deux moteurs, avec une demi-gouverne en charpie et des réservoirs troués. Au-dessus de Cologne, les deux ailes avaient morflé, mais le *captain* les avait sortis d'affaire. Aux yeux de beaucoup, Stoddard passait pour le meilleur pilote de Lancaster encore vivant.

Aussi, tandis qu'approchait l'heure de vérité, le *flight sergeant* attendait-il ses ordres comme autant d'encouragements. La voix neutre de l'officier exerçait sur sa peur un effet lénifiant mais trop bref. Le *captain* était écossais, comme lui. Soigneusement entretenus, son accent d'Edimbourg et sa moustache rousse suscitaient parmi l'équipage des plaisanteries d'autant plus affectueuses que ces gars de l'East End et du Kent avaient fini par y voir une sorte de gri-gri.

Le *captain* ne se contentait pas d'être bon pilote : il portait chance.

Pas davantage que le commandant, aucun d'entre eux n'était capable de prononcer le nom de la ville qu'annonçait, au revers des nuages, le reflet tremblotant des traceurs au phosphore. Aucun d'entre eux sauf lui. Tandis qu'il achevait de s'installer dans l'habitacle exigu du poste de visée, le *flight sergeant* assembla les huit lettres, les articula à voix basse comme s'il les mâchait. Lui seul avait entendu parler de cette cité, évoquée au détour de quelques phrases dans une vieille lettre qu'il gardait sur lui, avec la photo.

Dessus, il avait les mêmes yeux qu'elles, sa mère le lui répétait sans cesse.

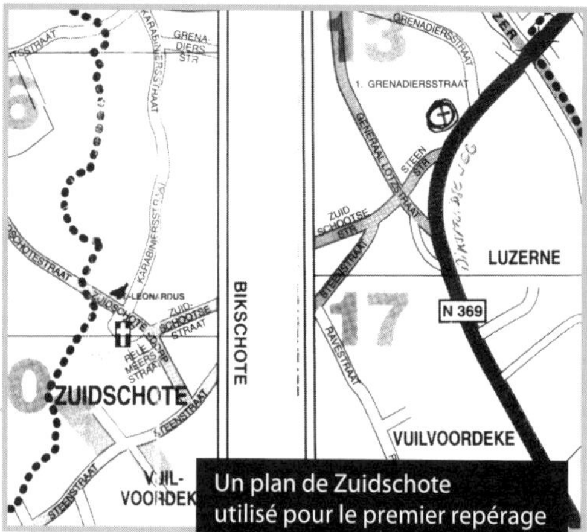

Un plan de Zuidschote utilisé pour le premier repérage de Xavier Hanotte.

Croquis de XH pris en partie sur place

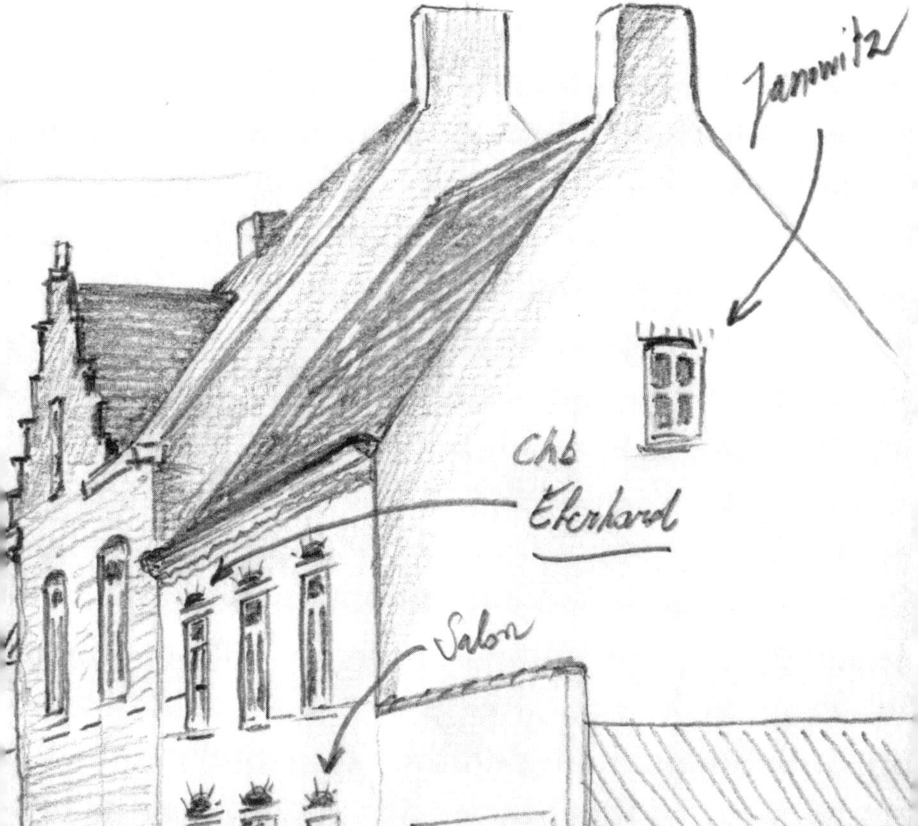

Reconstitution du monument de Steenstraete

Gosford Street

Pages d'assemblages que Xavier Hanotte gardait sur son bureau pour écrire le passage sur Coventry. Le trajet d'Eberhard à moto est précisément repéré.

Priory Row

Cook Street Gate

Triumph Ricey

King's Head Hotel

Godiva

Gosford Street

Cathedral

Croquis de Claude Renard

Croquis de Claude Renard

Le mot de l'éditeur

Xavier Hanotte et Claude Renard étaient faits pour se rencontrer, mieux pour travailler ensemble, enfin si l'on peut dire que ces deux-là, quand ils entrent en création, travaillent! L'impression qu'ils donnent est plutôt qu'ils tirent de cette expérience particulière, qui consiste à créer, un plaisir supérieur. Il faut les entendre échanger – avec quelle ferveur! – propos, anecdotes et connaissances, le tout mâtiné – bien sûr – de quelques doutes, à l'heure de mettre en commun leurs talents, dans la perspective de réaliser un *Carnet Littéraire*. Il faut les voir fouiller fébrilement la documentation de l'un, se pencher fiévreusement sur les croquis de l'autre. Surtout, il faudrait avoir le temps de les suivre sur les lieux de l'histoire de l'un (Steenstraete, Zuydschoote et Ypres) pour que puissent naître de la mine de plomb de l'autre les décors et ses ambiances précises. Oui, il faudrait pouvoir ne rien perdre de leur intense complicité qu'émulsionnent à souhait l'évocation d'une lecture, la vision d'une image parfaite, la célébration de l'avancement de leur projet.

L'histoire de leur Carnet est singulière. Xavier Hanotte a été parmi les premiers auteurs sollicités alors même que les CL n'en étaient qu'à la phase embryonnaire. Bien sûr, l'écrivain est monté dans le bateau sans attendre de voir s'il flotterait, précédé par l'homme, généreux et fidèle. De ce premier contact est né un texte, magnifique: *Passé le pont*. Ce texte, Hanotte l'a écrit avec le secret espoir que Jacques Tardi le mette en images. Mais voilà, c'était sans compter qu'au cœur de leur obsession commune: la première guerre mondiale, ils s'étaient chacun trouvé une tranchée bien à eux: les soldats anglais pour Xavier Hanotte et les français pour Tardi. Les deux hommes ne se connaissaient pas, tous deux avaient des projets en chantier et en mémoire pour au moins trois décennies. Et *Passé le pont* fut publié dans le recueil *L'Architecte du désastre*, titre éponyme du court roman qui l'ouvre. Ce livre, Xavier Hanotte nous l'envoya avec en guise de dédicace les traces discrètes d'un regret. C'était la veille d'un départ en vacances.

Les éditeurs n'échappent pas à l'habitude d'emporter dans leurs bagages de quoi lire pour au moins une vie entière. *L'architecte...* fut du voyage. Didier Platteau fut le premier à le lire. Comme souvent les lecteurs, il commença par la première histoire: *L'architecte du désastre*. Ce personnage ne devait plus le lâcher. Il en parlait à l'apéritif, autour de la piscine, en randonnée... Histoire de ne pas vivre idiots autour de lui, tous autant que nous étions (moi-même et une giclée d'amis) dans la maison de location quelque part dans les Alpes de Haute-Provence, nous lûmes ce court roman avec un égal enthousiasme mesurant ce que Eberhard portait en lui de possibilités romanesques et... iconographiques. Didier a téléphoné à Xavier. Xavier a parlé de Claude. Et Claude a dit oui. Ils ont discuté des heures de la manière de travailler ensemble, à détailler la psychologie, les antécédents des personnages.

Entre-temps, ils sont devenus amis et envisagent de poursuivre l'entreprise en donnant une suite à cet *Architecte*, devenu chez Estuaire *Un goût de biscuit au gingembre*, pour ne pas semer la confusion chez les libraires et parce que le texte publié par Belfond a connu d'infimes modifications et s'est trouvé augmenté d'un épilogue ainsi que des dessins de Claude Renard.

Entre-temps aussi, nous avons conclu avec Jacques Tardi (et Tonino Benacquista) pour un Carnet, le 16e de la collection. Et surtout, Jacques Tardi a lu et aimé la nouvelle *Passé le pont*. Pour le moment, cela suffit au bonheur de Xavier Hanotte.

Régine Vandamme

DANS LA MÊME COLLECTION

Francis Dannemark, Chris De Becker et Yves Fonck
L'homme de septembre

Marie Desplechin et Éric Lambé
Le sac à main
La photo

Franz Bartelt et Johan De Moor
Terrine Rimbaud

Hervé Le Tellier et Xavier Gorce
La chapelle Sextine

Tonino Guerra et Lorenzo Mattotti
Cendre

Jean-Bernard Pouy et Joe G. Pinelli
Sirop de Liège
Fratelli

Raoul Vaneigem et Giampiero Caiti
Voyage à Oaristys

Cécile Wajsbrot et Brigitte Bauer
Fugue

Doeschka Meijsing et Johan De Moor
L'Ours et le Chasseur

Hélèna Villovitch et Hendrik Hegray
La maison rectangulaire

Juan d'Oultremont et Anna Sommer
Portrait d'Ari la nuit

Michel Quint et Cyrille Derouineau
Corps de ballet

★

Achevé d'imprimer en août 2006
sur les presses de SNEL Grafics à Herstal
pour le compte de Estuaire,
19 rue de la Souvenance,
B-7522 Blandain - Tournai,
Belgique

«Carnets littéraires» est une marque déposée.
ISBN 2-87443-019-6
D/2006/10.229/16